Promesa cumplida

Frank Duggan

Lady Valkyrie
Colección Oeste®

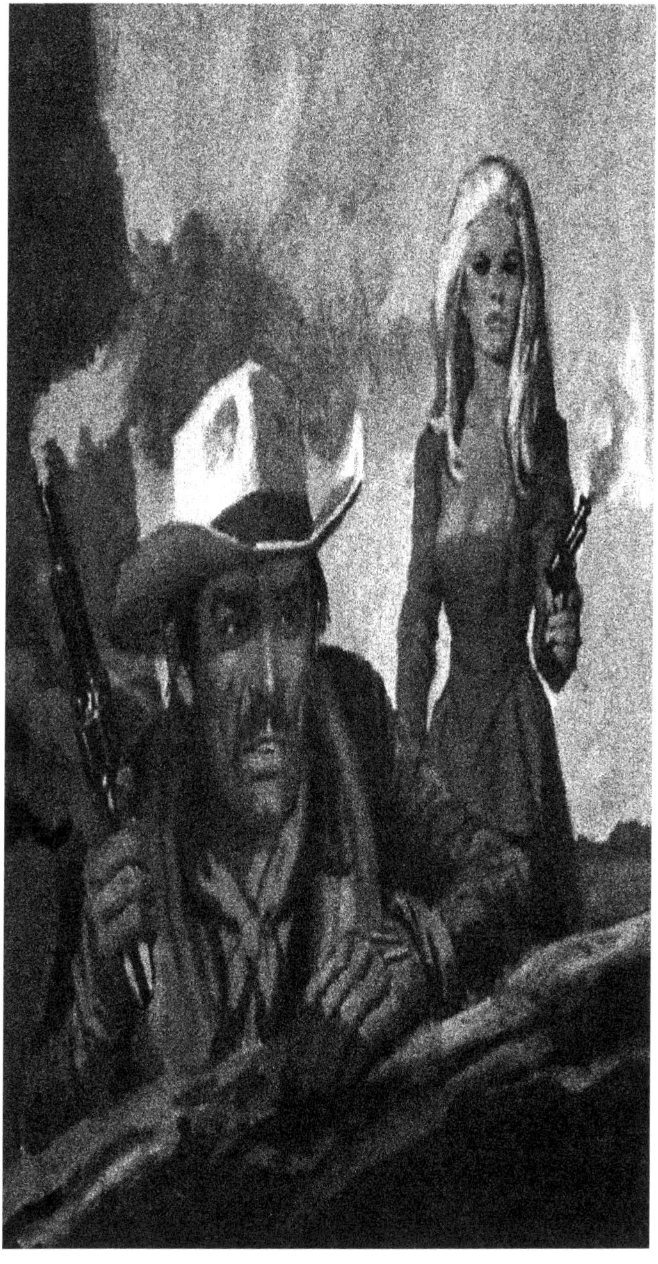

Lady Valkyrie, LLC
United States of America
Visit ladyvalkyrie.com

Published in the United States of America

Lady Valkyrie and its logo are trademarks
and/or registered trademarks of Lady Valkyrie LLC

Lady Valkyrie Colección Oeste is a trademark
and/or a registered trademark of Lady Valkyrie LLC

All rights reserved. No part of this publication may be reproduced,
stored in a retrieval system, or transmitted, in any form,
or by any means, without the prior explicit permission
in writing of Lady Valkyrie LLC.

Lady Valkyrie LLC is the worldwide owner of this title in the Spanish language as
well as the sole owner and licensor for all other languages.
All enquiries should be sent to the Rights Department at
Lady Valkyrie LLC after visiting ladyvalkyrie.com.

First published as a Lady Valkyrie Colección Oeste novel.

Design and this Edition © 2020 Lady Valkyrie LLC

ISBN 978-1619516939

Library of Congress Cataloguing in Publication Data available

Índice por Capítulos

Capítulo 1 7
Capítulo 2 17
Capítulo 3 27
Capítulo 4 37
Capítulo 5 47
Capítulo 6 57
Capítulo 7 69
Capítulo 8 79
Capítulo 9 89
Capítulo 10 99
Capítulo Final 109

1

Era todavía bastante temprano por lo que no había muchos clientes en el local.

La muchacha que atendía en el mostrador estaba hablando con varios clientes.

Se abrieron las puertas del local y el recién llegado se aproximó hasta el mostrador con paso decidido.

—¡Hola, Grace!
—Hola, sheriff. ¿Whisky?
—Sí. Espero a que te decidas.
—Pierdes el tiempo; ya sabes que *jamás* podré amarte.
—Aquella época ya pasó, Grace. Ahora soy una persona decente.
—No conseguirás engañarme, Cheyne. Ni tú ni Spencer podréis cambiar nunca hasta que no encontréis una cuerda que os arranque la vida.
—Piensa que tu pasado tampoco es muy honrado.
—Eso no es cierto. A pesar de andar entre el fango, he sabido permanecer limpia.
—Creo que los muchachos tienen razón. Te has

enamorado de ese nuevo vaquero de Spencer. ¿Me equivoco?

—Es algo que no os interesa.

—¡Eso no es cierto! —Gritó el de la placa—. Tú sabes que te amo desde hace años.

—¡Hola, muchachos! —saludó Grace, a un grupo de clientes al tiempo que se separó del sheriff.

Este la miraba fijamente.

Se aproximó de nuevo a la muchacha, diciéndole:

—Tan pronto como me convenza de que amas a ese muchacho, ¡le mataré!

Y, dicho esto, se separó de la joven.

Grace, ante estas palabras, se puso seria. Sabía que con el sheriff no se podía jugar.

Pero ella no era responsable de no amar a aquel hombre... Era cierto que se había enamorado de aquel joven simpático y agradable que entró a trabajar con Spencer hacía un par de meses.

Aunque sabía que no era correspondida por él, sería capaz de exponer su vida por salvarle. Por ello se acercó al sheriff, y le dijo:

—Te aseguro que no estoy enamorada de Mat. Además, aunque fuera cierto, no sería correspondida por él. Debe estar enamorado de otra mujer.

—Yo conseguiría hacerte feliz, Grace.

—Pero no puedo amarte, y te aseguro que más de una vez me lo he propuesto. Pero es inútil. ¡No te amaría jamás!

—Una vez casados, todo cambiaría.

—No, Cheyne. No insistas. ¡Es inútil!

—Sabré esperar.

—No puedo olvidar tu pasado.

—Aquello pasó y debes olvidarlo. Ahora soy una persona decente, y ya ves que todos se fían de mí.

—Todos, menos yo. Ahí entra Spencer.

Y la muchacha se alejó del sheriff.

Spencer se reunió con éste, preguntándole, sin dejar de sonreír:

—¿Cuándo piensas cansarte de perseguir a Grace?

—¡No cederé hasta que consiga hacerla mi mujer!

—No lo conseguirás, Cheyne. Grace ama a Mat. Hay que estar ciego para no darse cuenta de ello.

—¡Le mataré!

—No debes preocuparte. Mat no corresponde a su cariño.

—¿Qué tal se porta ese muchacho?

—Ha demostrado a Patterson que es el mejor cowboy que tenemos.

—¿Sigues vigilándole?

—Sí.

—¿Has descubierto algo?

—Nada. Pero no me fío de él. Resulta un muchacho muy misterioso.

—Yo creo que sería preferible que le dieseis una buena dosis de plomo.

—Primero tenemos que convencernos de que, efectivamente, tus sospechas han sido justificadas. Hasta ahora no hemos podido descubrir nada.

—Parece un muchacho inteligente.

—Lo es. Pero si, en efecto, es un inspector o agente, cometerá algún error. Hay que saber esperar.

Minutos más tarde, otros vaqueros se reunían con ellos.

Mat entró poco después y se dirigió al mostrador.

Grace le atendió, sonriéndole.

—¿Doble? —le preguntó cariñosa.

—Sí. Pero con mucha soda. ¡Estoy sediento!

—¿Mucho trabajo?

—Bastante.

—Debes tener cuidado con tus compañeros... —dijo Grace sin dejar de sonreír al tiempo que le servía.

—¿Por qué?

—Creen que eres un federal.
—¡No te comprendo!
Y Mat se echó a reír a carcajadas.
—No debes tomarlo a broma.
—¡Perdona, pero no puedo tomarlo de otra forma! ¿Es posible que me hayan tomado por un federal?
—Sí, y te aseguro que te vigilan constantemente.
—¡No me preocupa! ¡Te aseguro que no lo soy!
—El más peligroso es el sheriff. Si lo eres, no se lo digas.
—¿Qué pueden temer de los federales?
—Lo ignoro. Sólo puedo decirte que él pasado de Spencer y el del sheriff, dejan mucho que desear.
—A mí me parece que el sheriff es una buena persona.
—No te fíes de las apariencias.
—No me fío jamás, de nadie ni de nada. Pero creo que esta vez podría hacerlo de mi patrón y del sheriff.
—Si aprecias en algo tu vida, no lo hagas y procura vivir alerta.
—No tengo nada que temer.
—Si eres lo que ellos temen, y lo descubren...
—No te preocupes. Te aseguro que no soy un federal.
—Si es así, no tienes por qué preocuparte.
Los dos jóvenes siguieron hablando muy animadamente.
Spencer llamó a Mat para que se sentara con ellos. Este obedeció.
—Te gusta Grace, ¿verdad? —dijo, sonriendo, el sheriff.
—Es una chica muy agradable.
—¿Nada más?
Mat miró fijamente al de la placa, preguntando a su vez:
—¿Qué quiere dar a entender?
—¡Oh! ¡Nada! Es que los muchachos aseguran que estás enamorado de ella.

—No es cierto, sheriff. Aprecio mucho a Grace como si se tratara de una hermana. Pero nada más.
—Pues todos aseguran que ella te ama.
—No lo creo. Pero si fuera cierto, dejaría de venir a este saloon.
El rostro del sheriff se dulcificó ante estas palabras.
—Sinceramente, yo hubiera jurado que venías aquí por ella —observó Spencer.
—Es una muchacha muy simpática y prefiero dejar mi dinero en su local.
Después hablaron de otras cosas.
El sheriff no podía ocultar su alegría.
De pronto, preguntó Mat:
—¿Ama mucho a Grace?
—Desde hace varios años —respondió el sheriff.
—Por lo que a mí respecta, puede estar tranquilo. Piense que Grace debe tener unos diez años más que yo.
—Está muy bien conservada —comentó Spencer.
—¿Hace mucho que la conocen? —preguntó Mat.
Spencer y el sheriff se miraron entre sí y contestó el segundo:
—Hace varios años.
—¿Dónde la conocieron?
—En Dodge City. Entonces, ella trabajaba para un buen amigo.
El capataz de Spencer, Patterson, se aproximó a los reunidos, diciendo:
—Mat, los muchachos desean que formemos una partida.
—No me gusta jugar, Patterson. Además, os dejaría sin un centavo. Los naipes es una de mis especialidades.
—¿Profesional?
—No. Simplemente, que no me dejo engañar.
—Entonces, ¿no quieres probar fortuna?
—Prefiero ver cómo jugáis.
—¡Como quieras! Pero te advierto que no les gustará

a los muchachos. Necesitamos otro punto —replicó Patterson.

—Podéis buscarlo entre los clientes. Seguro que habrá más de uno que aceptará.

—Los muchachos prefieren que seas tú.

—¿Los muchachos o tú?

—Todos. Preferimos jugar con los que conocemos.

—Pues lo siento, Patterson, pero no juego.

—Como quieras —dijo Patterson al tiempo de alejarse.

—Si es cierto lo que has dicho, no comprendo cómo pierdes una oportunidad de ganar unos dólares —objetó Spencer.

—Creo que si lo hiciera, tendría que matar a alguno. Y no quiero hacerlo —declaró Mat, sonriendo.

—No te comprendo. ¿Por qué dices eso? —preguntó el sheriff.

—Se quejarían de mi buena suerte. Prefiero hablar y beber.

Y dicho esto, se puso en pie, alejándose para observar las partidas de juego.

—Es un muchacho muy extraño —murmuró Spencer.

—No me gusta —dijo el sheriff.

—De lo que no me cabe duda, es que es muy inteligente. Se ha dado cuenta de los propósitos de Patterson y de los muchachos al invitarle a jugar.

—¿Piensan provocarle?

—Me temo que sí. Hoy ha discutido con Player, y ya conoces a éste.

—Entonces será preferible que yo no me encuentre aquí.

Y minutos más tarde, salía el sheriff del local de Grace.

Player se aproximó a Mat, diciéndole:

—¿Es cierto lo que has dicho a Patterson?

—No sé a qué te refieres, Player. Pero te aseguro que

no me sentaré a jugar.

—¿Es verdad que eres un profesional de los naipes? —preguntó en voz alta Player para que lo oyeran todos.

Mat, sonriendo, dijo:

—No debes elevar la voz, Player. Si lo que te propones es provocarme, debes hacerlo con valor y no buscar excusas tontas. Yo no he dicho a Patterson que soy un profesional, y si él lo ha dicho, miente.

Patterson se puso en pie, exclamando:

—¡Yo no miento!

—Yo no he dicho que mientas, Patterson. Pero si has asegurado que yo he dicho que soy un profesional, como acaba de decir Player, no cabe duda de que mientes.

—¡El patrón es testigo! —gritó Patterson.

—Yo sólo he dicho que los naipes es una de mis especialidades.

—Eso indica...

—Que soy un buen jugador, Player, nada más.

—¡No comprendo cómo me contengo! —gritó Player.

—Porque estás seguro de que no llegarías a tus armas —dijo, sonriendo, y sin elevar la voz, Mat.

—¡Dejaos de discutir! —intervino Spencer.

—No debe intervenir en esto, patrón —dijo Player—. Voy a demostrarle a este tonto fanfarrón que no sabe lo...

Dejó de hablar para ir a sus armas... Pero no hizo más que tocar las culatas, cuando la voz cortante de Mat, le ordenó:

—¡Levanta las manos, Player! No hagas que te mate.

Todos se miraron asombrados de aquella rapidez.

Spencer, con el ceño fruncido, contemplaba a Mat.

Patterson abría y cerraba los ojos para convencerse de que no soñaba.

Hasta entonces, vencer a Player con las armas, era algo que había preocupado a todos los del rancho de Spencer, porque demostraba una rapidez endemoniada.

Player no pudo evitar temblar visiblemente, al comprender que había estado muy cerca de la muerte.

Mat, sonriendo, agregó:

—Será preferible que salgas de este local hasta que te tranquilices. Si siguieras aquí, el menor movimiento podría costarte la vida.

Player, sin hacer el menor comentario, se alejó. Iba a salir, cuando Mat, le obligó a detenerse y le dijo:

—Espero que esto te haya servido de lección y que te haga pensar en lo que te va a suceder la próxima vez que me provoques... ¡Te mataré!

Player, en silencio, abandonó el local. Una vez en la calle, respiró con tranquilidad. No tenía más remedio que reconocer que aquel muchacho era muy superior a él.

Pero según se iba tranquilizando, un odio intenso hacia Mat se apoderaba de él.

Mientras, en el local, Mat dijo a Patterson:

—Procura no encargar a nadie lo que seas incapaz de hacer tú.

—Te aseguro que yo no he encargado a Player...

—Estás advertido. La próxima vez te incluiré en el punto de mira de mis armas.

—Player quería demostrarnos a todos que seguía siendo el más peligroso —dijo otro compañero—. Patterson no tiene nada que ver con lo sucedido.

—No conseguiréis engañarme...

—Lo que tenéis que hacer, es olvidar lo ocurrido. No debes tener en cuenta esto, Mat. Te aseguro que Player, en el fondo, es un gran muchacho, aunque hay que reconocer que es muy quisquilloso —aconsejó Spencer.

Mat, sonriendo, guardó silencio.

Grace se aproximó a él, diciéndole:

—Ya te decía yo que tenías que vivir alerta... Y si demostraras tener sentido común, después de lo sucedido, no volverías al rancho de Spencer.

—No hay motivos para que abandone mi trabajo. Si me buscan, me encontrarán.

—En el rancho te pueden disparar por la espalda sin que les suceda nada. Cuenta con el apoyo del sheriff. ¡No debes volver al rancho!

—No insistas, Grace.

—¡Eres un terco! —replicó la joven, alejándose.

Minutos después, Mat salía del local.

Spencer se reunió con Patterson y le dijo:

—¡Debéis dejar a Mat en paz!

2

Player, después de mantener una larga conversación con el patrón, buscó a Mat, y le dijo que debía olvidar lo sucedido y que debía perdonarle.

Mat, un poco extrañado de esta actitud, aseguró que no tenía ningún inconveniente en olvidarlo.

Pero, a partir de ese momento, sus cinco sentidos estaban vigilantes... No le gustaba nada esta actitud.

Conocía bien a los hombres y estaba convencido de que Player era de los hombres que jamás se rebajarían a pedir perdón por nada.

Estaba seguro de que aquel hombre le odiaba con todo su ser.

Pensando en ello, llegó a la conclusión de que fue el patrón quien debió obligar a Player a actuar de la forma que lo había hecho.

Empezó a pensar que Grace tenía mucha razón en todo lo que le dijo, y por tanto, esa misma tarde, cuando llegara a la ciudad para echar un trago, trataría de buscar trabajo en otro rancho.

Pensó que no le resultaría difícil encontrarlo.

Su fama de ser uno de los mejores vaqueros, se había extendido por los alrededores.

El sheriff desmontó ante la puerta del rancho de Spencer, gritando:

—¡Spencer! ¡Spencer!

Segundos más tarde, aparecía éste, preguntando:

—¿Qué sucede, Cheyne? ¿A qué se deben esos gritos?

—¡Traigo buenas noticias!

Spencer miró a su amigo un tanto extrañado. No sabía a qué podía referirse.

El sheriff, sacando un pasquín de uno de sus bolsillos, dijo:

—¡Mira!

—¡Si es Mat! —exclamó Spencer.

—¡El mismo!

—Entonces...

—¡Efectivamente! Estábamos equivocados con ese muchacho.

—¡Me alegro!

—Puede ser un auxiliar estupendo.

—¡Ya lo creo! Cuando se enteren Patterson y Player, se alegrarán.

Spencer, después de leer con detenimiento lo que se decía en aquel pasquín sobre Mat, paseó por el comedor de la vivienda, siendo observado por el sheriff.

—¿Quién ha traído este pasquín?

—Hace unas horas que llegó en la diligencia.

—Pues no debes ponerlo. Si lo hicieras, Mat se vería obligado a marchar.

—¡No pienso hacerlo!

—Confieso que es la mejor noticia que podía recibir. ¡Me agrada ese muchacho!

—Ahora espero que sea mi amigo.

—¿Qué piensas hacer? No debes decirle nada sobre este pasquín.

—Hemos de convencernos de que no es una trampa... Ya sabes que el viejo Power estuvo a punto de cazarnos con una cosa parecida.
—Será fácil de comprobar.
—Lo mejor es enviar a un muchacho a Ordway para que se informe.
—Es una buena medida, pero yo le tantearé aquí.
—Puede ser peligroso.
—He de ser sincero con él sí deseo que se una a nosotros.
—Procura darle a entender que Denver será su mejor refugio.
—Descuida.
—Y dile que puede contarme entre sus amigos de ahora en adelante.

Siguieron charlando durante algunos minutos más.

Cuando se marchó el sheriff, Spencer buscó a su capataz. Luego de una muy breve conversación, en la que Spencer contó lo que sucedía, agregó:

—De ahora en adelante debéis dejarle tranquilo... Ya no es necesario que le vigiléis. Debéis mostraros amables con él.
—No sé si me alegra o disgusta esta noticia.
—Será el hombre que necesitábamos para lo del Banco. Es inteligente y sereno. Nos será de una gran utilidad.
—Piensa lo que nos sucedió con el viejo Power. En Dodge City estuvimos a punto de caer en una trampa.
—No debes preocuparte. Pronto lo comprobaremos.
—¿Cómo?
—Te encargarás tú mismo de ir a Ordway.
—¡Me parece una idea magnífica!
—Pero además, yo sabré sondearle con mucho cuidado. Vete en su busca y dile que venga a hablar conmigo.
—Mucho cuidado, Spencer. Si sabe que ha sido

descubierto, a lo mejor...

—No tenemos nada que temer. Sabré hacer las cosas.

Patterson salió de la vivienda y, montando a caballo, se alejó.

Player fue llamado por el patrón.

—¿Qué sucede, Spencer? —preguntó, entrando.

—He de hablar contigo. Siéntate.

Player obedeció.

Spencer, sacando el pasquín de uno de los cajones de una mesa, se lo mostró a Player.

Este, fijándose en el papel, sonrió para sí al tiempo que decía:

—¡Vaya, vaya! ¡Qué sorpresa!

—¿Le reconoces?

—¡Ya lo creo! Ahora comprendo su velocidad con las armas.

—Espero que después de ver esto, tu comportamiento respecto a él cambie.

—¡He de demostrar a todos que soy superior!

—Ayer te demostró...

—¡Ayer se me adelantó!

—Eso no es cierto, Player... No vas a engañarme. Lo único que conseguirás es una muerte segura si vuelves a provocar a Mat.

—¡Ayer me confié!

—Te he llamado para convencerte.

—¡Perderá el tiempo, patrón...! ¡Yo conseguiré esos mil dólares que ofrecen por su captura, vivo o muerto!

—Si lo hicieras, no podrías nunca disfrutar de esa prima —dijo, amenazador, Spencer, sin elevar la voz.

Player debía conocer muy bien al patrón, ya que ante esta clara amenaza tembló muy visiblemente.

—Mat nos será de mucha utilidad, Player... Cuando no lo necesite, entonces podrás hacer lo que quieras; pero hasta entonces, por tu bien, déjale tranquilo.

—De acuerdo, Spencer.

Y, sin más comentarios, Player salió del comedor en donde había tenido lugar esta conversación.

Montó a caballo y se dirigió hacia su tarea.

Se cruzó con Mat, que iba en dirección a la casa, y le saludó con una sonrisa forzada.

Minutos más tarde, desmontaba Mat ante la vivienda principal... Pero antes de entrar, comprobó si sus armas salían bien de las fundas.

No le gustaba aquella llamada.

Una vez frente a Spencer, preguntó:

—¿Qué desea de mí, patrón?

—Siéntate. Deseo hablar contigo.

—¿Sobre qué?

—De algo muy importante para ti.

—No le comprendo.

—Espero que cuando veas esto, lo comprenderás... —y Spencer puso ante Mat el pasquín que se refería a él.

Mat, al ver su fotografía, así como su verdadero nombre, palideció visiblemente.

—¿De dónde sacó este pasquín? —preguntó, poniéndose en guardia.

Spencer, al ver la actitud de Mat, dijo sonriendo:

—No tienes nada que temer de nosotros, Mat. De ahora en adelante seremos buenos amigos.

—¿Aun sabiendo que soy un huido?

—Con mayor motivo —dijo cínicamente Spencer—. Confesaré que nos tenías muy preocupados.

—¿Por qué motivo?

—Te creíamos un federal.

—¿Tienen algo que temer de ellos?

—¡Ya lo creo!

—¡Pues yo no tengo nada que temer de ellos...! ¡Este pasquín es una injusticia! No niego que maté a esos tres personajes de Ordway, pero fue en lucha noble. ¡Este pasquín es obra de los cobardes que me odian, así como a mi familia! Pero algún día regresaré, y el recuerdo que deje de esa visita no lo olvidarán fácilmente en Ordway.

—Así empezamos nosotros, Mat —dijo Spencer, sonriendo—. Pero nos obligaron a seguir matando. La sociedad se ensañó con nosotros y no tuvimos más remedio que vivir huyendo constantemente.

—Aún no me ha dicho de dónde sacó ese pasquín.

—Hace unas horas que lo trajo la diligencia.

—¿Cómo se lo dieron a usted y no al sheriff?

—Se lo dieron al sheriff... Pero no tienes nada que temer de él... Es un buen amigo. Puedes fiarte de él.

Mat quedó pensativo.

Aquello era una confesión, que le explicaba muchas cosas.

—Por Kansas aún habrá muchos pasquines viejos que recuerden al sheriff... —agregó Spencer—. Es hombre de máxima confianza para nosotros.

—He de marcharme de aquí... Regresaré a la montaña, de la que no debí salir.

—Denver será un refugio perfecto para ti.

—Después de estos pasquines, habrá varios que me reconozcan.

—Pero el sheriff no les hará caso. Además, no se expondrán estos pasquines.

—¿Por qué hace esto el sheriff?

—Puede que le recuerdes una vida anterior.

—No comprendo cómo pudo llegar a sheriff.

—Nos ayudaron viejos amigos... El whisky, que repartieron gratuitamente en varios locales de la ciudad, nos dio los votos suficientes para que Cheyne saliera elegido... ¿Lo comprendes?

—¡Perfectamente!

—Ahora te explicaré nuestros proyectos.

—¡No debe hablarme de nada, patrón! No haré nada que no sea legal.

Spencer le miró fijamente y advirtió:

—Piensa que entonces podríamos hacerte mucho

daño.

—¿Es una amenaza?

—No, Mat. No es una amenaza... Es una advertencia.

—Pues a pesar de ello, no debe contar conmigo para nada deshonroso.

—Espero que cambies de opinión.

—¡No lo haré!

—Confío que dentro de unos días cambies de parecer.

—Será inútil que pierda el tiempo, patrón.

Spencer siguió hablando animadamente con Mat. Pero una hora más tarde, Spencer se convencía de que sería inútil insistir.

Mat salió preocupado por la conversación mantenida con el patrón.

Montó en su magnífico caballo y se dirigió hacia el pueblo.

Spencer mandó llamar a Patterson y a Player con mucha urgencia... Cuando éstos se presentaron, les dijo:

—¡He cometido una gran equivocación con ese muchacho!

—¿Qué sucede?

—¡No quiere aceptar nada que no sea legal! Creo que nos hemos equivocado con él.

—¡Así tendré ocasión de demostrar mi superioridad! —exclamó, alegremente, Player.

—Pues no debes perder tiempo.

—¿Me autorizas a provocarle?

Spencer sin dejar de pasear por el comedor, contestó:

—¡Inmediatamente...! ¡Intentando persuadirle, he cometido la torpeza de hablarle de todo nuestro pasado!

—No debiste hacerlo hasta no...

—Lo sé, pero ya no hay remedio. Hay que hacerle callar.

—¡Yo me encargaré de ello! —dijo Player.

—No debéis perder tiempo en salir tras él. Si hablara ese muchacho, Cheyne estaría en grave peligro.

—¡Pues no perdamos tiempo!

Los tres hombres salieron, y minutos más tarde, galopaban hacia la ciudad.

—Puede que se haya marchado... —dijo Patterson.

—No lo creo —añadió Spencer, preocupado—. Estará en el local de Grace.

—¡No me dejaré sorprender como ayer! —gritó Player.

—No debéis confiaros. Es un muchacho muy peligroso.

—¿Nos acompañarás?

—No —respondió Spencer—. Yo os esperaré en la oficina del sheriff... Uno debe entretenerle, mientras el otro dispara.

—No creo que sea necesario... —dijo Player.

—Yo me encargaré de hablar con él —agregó Patterson.

—De vuestro triunfo dependerá todo.

Spencer se despidió de sus dos amigos y vaqueros a la entrada de la ciudad.

Estos se dirigieron hacia el local de Grace.

Hacía muy pocos minutos que acababa de entrar Mat.

Grace le salió al encuentro, preguntándole:

—¿Qué te sucede? Pareces preocupado.

—Lo estoy, Grace. Lo estoy.

—¿Has vuelto a reñir con los muchachos?

—No... Es algo peor.

Mat contó a la muchacha lo sucedido... Grace escuchó con total atención... Y cuando Mat terminó, dijo ella:

—¡Debes abandonar la ciudad inmediatamente! ¡Te matarán por temor de que puedas contar lo que sabes...! Yo les conozco muy bien, y sé de lo que son capaces. No creas que se detendrán a pensar en la forma de deshacerse de ti. Lo harán a traición.

—No creo que se atrevan después de lo de ayer.

—¡No conoces al enemigo!

—Ni ellos a mí...

—Piensa que el sheriff será el que más deseos tenga de eliminarte, ya que será el que más peligro corra en caso de que te decidieras a hablar.

—Creo que tienes razón... Me marcharé.

—¡No debes perder ni un minuto!

Grace se detuvo, fijándose en la puerta y en quienes entraban.

—¡Demasiado tarde ya...! —agregó—. ¡Cuidado, ahí entran Player y Patterson! No te fíes de ellos y vigila con atención. ¡Son muy peligrosos los dos!

Mat, sin responder nada, buscó a los indicados. Cuando les vio, estaba seguro de que venían dispuestos a todo, a juzgar por el aspecto de ambos.

Patterson se dirigió hacia él saludándole a distancia. Player se dirigió al mostrador.

—He de hablar contigo, muchacho —dijo Patterson.

—Puedes decirle al patrón que no debe temer nada de mí... No hablaré con nadie de lo que teme. Sé guardar los secretos.

—¿Por qué no te decides a quedarte con nosotros?

—Ya se lo dije al patrón. Odio todo aquello que sea ilegal.

—Nosotros hemos cambiado de vida, muchacho...

—Sé que no es así... Te olvidas que llevo más de dos meses en el rancho y que es tiempo más que suficiente para darme cuenta de muchas cosas.

—No te comprendo. ¿A qué te refieres?

—¡No debes disimular, Patterson...! —dijo Mat, sonriendo—. He visto en el rancho, ganado con varias marcas... Pero ya te dije que sé guardar en secreto lo que veo y oigo, a no ser que pueda perjudicarme.

Patterson miró a Player de forma que Mat comprendió el significado de la mirada.

—En el momento que Player mueva una sola mano,

eres hombre muerto —advirtió Mat con voz que pareció a Patterson muy suave y casi dulce.

Pero no por ello dejó de temblar.

—¿Por qué me dices eso? —preguntó Patterson haciendo un esfuerzo para hablar.

—Procura advertir a Player para que no mueva una sola mano. Me obligaríais a disparar sobre vosotros y no tengo motivos para hacerlo.

Patterson, muy pálido, volvió a mirar a Player, quien, al fijarse en el rostro del capataz, comprendió que algo iba mal a juzgar por la palidez de éste.

3

Pero la palidez de Patterson fue desapareciendo al ver que su compañero tenía las manos mucho más próximas a sus armas que Mat.

Esto le tranquilizó y por ello dijo:

—Deberías quedarte con nosotros Mat. De lo contrario, no tendremos más remedio que cumplir con nuestro deber.

—¿Qué os encargó Spencer?

—Nada.

—¡Estás mintiendo! ¿Os encargó matarme?

—Spencer no tiene nada que ver con esto.

—Entonces, ¿el sheriff?

—Tampoco. Es cosa de Player y mía.

—No puedo creerlo.

Grace no dejaba de vigilar a los tres. Temía por la vida de aquel muchacho.

—¡Por última vez! —dijo Patterson, que había conseguido serenarse—. ¿Te quedas con nosotros?

—¿Cuántas veces he de decir las cosas para que me

comprendáis, Patterson?

—¡Eres un suicida!

—Confieso que no creí que tuvierais tanto valor.

—¡No me obligues...!

Se interrumpió Patterson al ver aquel movimiento de manos.

Una sola detonación se oyó en el local y el cuerpo de Player cayó sin vida. En sus manos tenía los dos «Colts» fuertemente empuñados.

Mat, después de disparar sobre Player, encañonó a Patterson, que temblaba.

Los reunidos se miraban extrañados.

No comprendían los motivos por los cuales se peleaban entre los componentes de un mismo equipo.

Grace, sonriendo, respiró con satisfacción al ver el resultado.

—Debería disparar también sobre ti, Patterson... ¡Has demostrado ser un repulsivo cobarde...! Pero prefiero dejarte con vida. Ahora te doy un minuto para que abandones este local y yayas a decir a Spencer que, si desea que guarde en secreto lo que me dijo, que no envíe a más suicidas para que terminen conmigo. Tendría que seguir matando y no lo deseo —dijo Mat, sereno.

Patterson, completamente pálido y asustado, no esperó a que le repitiesen la orden. Salió corriendo entre las sonrisas de los espectadores.

Pero en la puerta se tropezó con un cliente que, en esos momentos entraba, haciéndole caer. Este era un muchacho de estatura parecida a la de Mat.

Ambos sobrepasarían los seis pies.

El caído corrió tras Patterson, le alcanzó y le detuvo.

Estaban a pocas yardas de la oficina del sheriff.

—Esto es para que otro día tenga más cuidado al salir de un local —dijo el extraño personaje, golpeando a Patterson.

El de la placa y Spencer, asomados a una ventana,

presenciaban la escena.

El que golpeó a Patterson siguió su camino.

Enseguida, el de la placa y Spencer salieron a atender al caído.

El sheriff, mientras Spencer atendía a su capataz, observaba al misterioso personaje que se alejaba, con el ceño fruncido.

Patterson se levantó con dificultad del suelo.

—¿Qué ha sucedido? —preguntó Spencer.

—Player acaba de morir... ¡Mat es un demonio!

—Esa cara me recuerda a alguien —comentó el de la estrella, preocupado y sin dejar de contemplar al que se alejaba.

—¿Qué sucedió? —Preguntó de nuevo Spencer sin hacer caso del comentario del de la estrella—. ¡Sois unos inútiles!

Patterson explicó lo sucedido, finalizando así:

—Y te aseguro que de frente terminaría con todos nosotros.

—¡Tendré que ser yo quien lo provoque! —replicó Spencer, furioso.

—¡Dan Power! —exclamó el de la placa.

Spencer y Patterson se le quedaron mirando extrañados.

—¿Qué dices? —preguntó Spencer.

—¡Es Dan Power el muchacho que te ha golpeado! ¡Estamos perdidos! —repuso el de la placa.

—¿Estás seguro? —preguntó Spencer.

—¡Completamente!

—¿El hijo del inspector Power? —preguntó Patterson.

—¡El mismo!

—Vaya... Si es así, tendremos que abandonar la ciudad —murmuró, preocupado, Spencer.

—¿Vendrá tras nuestra pista?

—¡Seguro...! —Dijo el sheriff—. Después de la muerte de su padre, abandonó los federales para rastrearnos. Si te llega a reconocer, ya no vivirías.

—A mí no me conoce —observó Patterson.

—Ni a mí... —agregó Spencer.

—¡Entonces seré yo sólo quien abandone la ciudad!

—No debes impacientarte. Debemos pensar en una salida... —indicó Spencer—. No podemos abandonar lo que tenemos planeado.

—Nos lo estropearía Dan.

—¡No podemos irnos de aquí sin atracar el Banco...! Con todo ese dinero, podemos retirarnos para siempre donde nadie nos conozca.

—Podíamos reunir a los muchachos y cazar a Mat y a Power en el local de Grace.

El de la placa y Spencer miraron a Patterson.

—Después de deshacernos de ellos, podríamos atracar el Banco y alejarnos de aquí.

—Estoy de acuerdo con Patterson —declaró Spencer.

—Hay algo en lo cual no hemos pensado —observó Cheyne.

—¿En qué?

—Dan Power reconocerá a Grace y puede que ella le hable de nosotros.

—Grace no sabe nada.

—Ella fue testigo en Dodge City cuando eliminamos a Power.

—Si es así, puede que lleguemos tarde.

Patterson, que estaba furioso contra Mat y deseaba vengarse, dijo:

—Entonces, no debemos perder el tiempo hablando... ¡Vayamos a por los muchachos y acabemos con ellos de una vez!

—Encárgate tú de ir al rancho e instruirles —dijo Spencer.

—¡No tardaré!

Y Patterson montó en el caballo de Spencer y salió a galope.

Mientras tanto, el forastero entró en el local de Grace, mirando a todos los reunidos.

Grace, que hablaba con Mat, palideció visiblemente, y éste se dio cuenta.

—¿Qué te sucede, Grace?

—¡Oh...! ¡Nada! —respondió la joven, pero sin separar su mirada de Dan, que, muy sonriente, se dirigió hacia el mostrador.

—¿Le conoces? —volvió a interrogar Mat.

—Sí.

Dejaron de hablar al oír la pregunta de Dan. Este interrogaba a los testigos, diciendo:

—¿Quién ha sido el que ha podido matar a Player?

Todas las miradas se clavaron en Mat y éste se puso en guardia.

—Yo fui... —respondió éste—. ¿Por qué?

—Buen trabajo, muchacho —dijo Dan sonriendo—. No debes sentir remordimiento por haber eliminado a una hiena. ¡Era un vulgar asesino!

—Quiso sorprenderme... —declaró Mat.

—No me extraña... ¿Por qué quería deshacerse de ti?

—Lo ignoro. Trabajábamos en el mismo rancho.

—No lo comprendo. ¡Un momento! ¡Yo a ti te conozco!

Mat, muy sereno, replicó:

—Yo es la primera vez que te veo. No tengo la menor duda. Soy buen fisonomista.

—Pues yo juraría que tu rostro lo he visto en alguna parte...

—Me confundirías con otro.

—Puede ser... Pero ya recordaré. Me molesta este fallo en mi memoria. Siempre he presumido que no se me olvida nada. ¿Con quién trabajas?

—Con Spencer Dailey —respondió Mat.

—¿Spencer Dailey?

—Sí.

—No me recuerda a nadie... ¿Quieres beber conmigo? Yo invito.

—Gracias, pero no acostumbro a aceptar invitaciones de desconocidos.

—Como quieras... ¡Un doble seco!

Grace, un poco nerviosa, pasó detrás del mostrador y sirvió al forastero.

Este, fijándose en ella, exclamó:

—¡Pero si es Grace!

A Grace, que en estos momentos servía lo solicitado, le tembló el pulso y derramó parte del líquido.

Dan Power, que, efectivamente, era así cómo se llamaba el forastero, sonriendo, le preguntó:

—¿Qué te sucede? ¿Por qué tiemblas?

—¡Hola, Dan! —saludó Grace, haciendo verdaderos esfuerzos por sonreír—. Yo no tuve nada que ver con la muerte de tu padre.

—Lo sé, Grace, lo sé... No tienes nada que temer de mí.

—¿Qué buscas por aquí?

Mat se fijó detenidamente en aquel joven. Era un muchacho que le agradaba.

—Voy de paso.

—No conseguirás engañarme, Dan... Yo sé que buscas a alguien.

—¿Estás segura?

—Todos los federales...

—Yo dejé de serlo. ¿No lo sabías?

—No. Es la primera noticia que tengo.

—Pues sí... Abandoné el Cuerpo para dedicarme a perseguir a los asesinos de mi padre. ¿Les recuerdas?

Grace palideció intensamente y guardó silencio.

—¿No has oído mi pregunta? —insistió Dan.

—No, Dan. No les recuerdo... ¿Quiénes fueron?

—¡Sigues siendo la misma, Grace! Es una pena...

Grace, con el pretexto de atender a nuevos clientes,

se separó de los dos jóvenes.

Mat empezaba a ponerse nervioso por la observación de que era objeto por parte de aquel muchacho llamado Dan.

De pronto, Dan se aproximó a él, diciéndole:

—Ya he conseguido recordar dónde te he visto.

Dan palideció visiblemente, pero respondió:

—¿Dónde?

—Tú eres Mat Henderson, ¿verdad?

—Sí... ¿Dónde me conociste?

—No hace muchas horas he leído uno de los pasquines que se refieren a ti... ¡Quieto, muchacho! Te aseguro que no tengo nada contra ti ni tienes nada que temer de mí. No me interesa nada de lo tuyo, ni soy ambicioso. Puedes confiar en mí.

—No sé quién eres, pero por la conversación que has sostenido con Grace...

—Puedes estar tranquilo. No soy federal, y de serlo, te aseguro que no actuaría contra ti por ese pasquín. La mayoría suelen ser injusticias.

—Me alegra oírte hablar así, ya que lo mío puedo asegurarte que fue, y es, una gran injusticia. Me declararon fuera de la ley mis enemigos y los de mi familia.

—Te creo... ¿Quieres beber conmigo?

Mat, sonriendo, respondió:

—Si lo pago, acepto.

—Como quieras. No me queda mucho dinero.

Grace, a distancia, les contemplaba curiosa.

Minutos más tarde, Mat se despedía de Dan.

La tarde empezaba a declinar.

Entró en otro local, pero nada más entrar tuvo que esconderse detrás de unos clientes. Allí estaban el sheriff, Spencer, Patterson y cinco vaqueros del rancho.

Hablaban animadamente.

Con disimulo se aproximó. Quería saber qué era lo

que hablaban.

Sin perderles de vista, se sentó en una mesa al lado de ellos con el sombrero echado sobre el rostro.

Apenas se había sentado, cuando se acercaron dos elegantes al grupo vigilado por él, preguntando:

—¿Qué sucede, Cheyne?
—Sentaos. Tenemos que hablar extensamente.
—Tú dirás —dijo uno de los elegantes.
—¿Queréis ganaros cinco de los grandes?

Los dos elegantes se miraron entre sí, sonriendo. Uno de ellos, exclamó:

—¡Qué cosas tienes, Cheyne! ¿A quién hay que eliminar?
—El enemigo es muy peligroso...
—¿Su nombre?
—Dan Power —respondió el de la estrella.

Mat, al oír este nombre, prestó más atención. No comprendía aquello.

—¿Dan Power? —preguntó uno de los elegantes—. ¿El hijo del inspector?
—El mismo...
—¿Está aquí?
—Sí.
—Eso indica que sigue vuestro rastro, ¿verdad?
—Eso parece...
—Entonces, pongamos el doble de lo ofrecido —dijo uno con cinismo.
—¡Es demasiado!
—Piensa, Spencer, que nosotros no tenemos nada que temer de ese muchacho y...
—No discutamos... —le interrumpió el sheriff—. Serán diez de los grandes. ¿De acuerdo?
—¡Eso es otro hablar! —exclamó uno de los elegantes.
—¿Le conocéis?
—Sí. Puede que él también nos conozca a nosotros... Pero ahora no existe el peligro de sus compañeros,

ya que dejó de ser federal —agregó el otro elegante, sonriendo.
—Nosotros esperaremos aquí el resultado... —dijo el de la placa —. Si fracasáis, lo intentaríamos nosotros.
—¡No fracasaremos!
—También nos interesa otro muchacho... —dijo Spencer—. Sabe demasiado sobre nosotros para dejarle con vida.
—¿A quién te refieres? —preguntó uno de los elegantes.
—Al vaquero tan alto que trabaja con nosotros.
—Te refieres al muchacho que no sale del local de Grace, ¿verdad?
Mat tuvo que hacer verdaderos esfuerzos para no empuñar sus armas y disparar sobre aquellos cobardes.
—Al mismo.
—Mil más sobre lo ofrecido y nos encargaremos de los dos.
—De acuerdo.
—Pero no debéis fiaros de éste. Es muy, *muy* peligroso —advirtió Patterson.
—Nosotros sabemos hacer las cosas, Patterson... Por esa cifra sería capaz de eliminar a medio Denver.
A Mat se le puso la carne de gallina al oír estas palabras.
Su cerebro trabajaba a gran velocidad sin escuchar lo que aquellos hombres siguieron hablando.
Cuando prestó atención de nuevo, oyó decir a uno:
—No debéis olvidarnos para lo del Banco... Un diez por ciento será para nosotros. ¿De acuerdo?
Spencer miró a Cheyne y éste le hizo una seña para que no discutiera.
Seña que pasó inadvertida a los dos elegantes, pero no a Mat.
Estaba seguro de que al sheriff y a su patrón, lo único que les interesaba era la muerte de aquel joven

que acababa de dejar él en el local de Grace y la, suya. Después ellos ya se encargarían de dar el pasaporte a aquellos dos cobardes que se prestaban a tal cobardía por un puñado de dólares.

—De acuerdo— respondió Spencer.

—¿Cuándo pensáis dar el golpe?

—Mañana sábado, por la noche... Así no se darán cuenta del atraco hasta el lunes a las nueve de la mañana.

—El vigilante nocturno es muy peligroso con las armas —advirtió uno de los elegantes.

—No debéis preocuparos. Es un amigo. Él se quedará con cinco mil.

—Bueno, bueno... Veo que sigues siendo el mismo, Cheyne... —dijo el elegante, golpeando en la espalda del sheriff, amistosamente

—Tu inteligencia cada día va a más.

—Ahora, lo que verdaderamente nos preocupa es Dan Power.

—Pronto habrá desaparecido esa preocupación.

—Tengo confianza en vosotros.

—Ya nos conoces. Esperad tranquilos. Pronto terminará vuestra pesadilla.

4

Minutos más tarde, Beth y Jeremy, como se llamaban los dos elegantes, abandonaban el local para dirigirse al de Grace.

Mat no sabía lo que debía hacer para salir del local sin llamar la atención de su patrón y compañeros.

Aprovechó que el sheriff y Spencer fueron reclamados por el propietario.

Una vez en la calle corrió a toda velocidad hacia el local de Grace. Temía llegar tarde para advertir a Dan del peligro que corría.

Se detuvo delante de la puerta, y desde allí, gracias a su estatura, localizó a los dos elegantes.

Uno se aproximó a Dan y el otro lo hacía por el lado contrario.

Mat sonrió con satisfacción al comprobar que había llegado a tiempo de salvar la vida a aquel muchacho.

Dan bebía tranquilamente en el mostrador sin darse cuenta del peligro que le estaba acechando.

Mat se dedicó a vigilar con atención a los dos

elegantes.

Beth, el elegante que caminaba por el lado derecho, se aproximó a Dan.

Entonces, Mat se dedicó a vigilar al otro. Estaba seguro de que el peligro vendría de Jeremy.

Los dos elegantes se disponían a preparar una trampa muy vieja a Dan para hacerle caer en ella.

Mat, para no llamar la atención, se sentó en una mesa desde donde podía vigilar a Jeremy sin ser visto. Tenía la completa seguridad de que Beth no intentaría hacer uso de sus armas.

Beth se aproximó a Dan, diciéndole:

—Creo que nosotros nos conocemos, ¿verdad?

Se fijó detenidamente Dan en el personaje que le hablaba y respondió:

—¡Ya lo creo! ¡No ha cambiado nada tu aspecto de ventajista, Beth!

—Cuidado con tus palabras, Dan —elevó la voz Beth para ser oído por su compañero y por el resto de los reunidos—. ¡Yo no te he insultado!

—Nunca fue insulto llamar a las personas por su nombre —agregó Dan, sonriendo.

—¡Me has llamado ventajista!

—¿Acaso no lo eres? —preguntó irónicamente, Dan.

Los testigos prestaron atención, sonriendo.

—¿Te olvidas de que ya no eres un federal?

—No. Al contrario. Ello me hace pensar en que puedo utilizar mis armas sin temor a mis superiores.

—¿Recuerdas a aquellos dos inocentes que colgaron en Dodge City por tu culpa?

—Eran profesionales de los naipes como tú.

—¡Tú sabes que no!

—No sigas... Estoy muy seguro de que no engañas a ninguno de los que nos están escuchando, ¿verdad, muchachos?

Los testigos a quienes fue dirigida la pregunta, se

miraron entre sí extrañados, sin atreverse a responder.

—¡Aquí no hay ningún ventajista que no seas tú!

—¿Estás aburrido de la vida? —preguntó en tono burlón, Dan.

—¡He venido dispuesto a vengar a aquellos dos buenos muchachos!

—Lo que demuestra que estás muy aburrido de la vida. Si es así, me gustaría hacerte unas preguntas. ¿Cuánto tiempo llevas aquí?

—Dos años.

—¿Recuerdas a Zo?

—Le vi por aquí hace unos minutos —respondió Beth—. Te lo digo porque de nada te servirá lo que oigas, ya que no saldrás con vida de este local.

—¡Es lo que quería saber! ¿Estás listo? ¡Te...!

Se interrumpió al oír una detonación.

Mat disparó sobre Jeremy, que intentaba traicionar a Dan.

Cuando el disparo le alcanzó, empuñaba ya sus armas.

Los testigos se separaron rápidamente muy asustados y sorprendidos.

Dan no quiso volver la espalda a Mat, por temor a ser sorprendido por Beth... Pero éste, al ver desplomarse sin vida a su compañero, palideció, temblando de miedo.

—Procura otra vez conocer la forma que tienen de actuar tus enemigos. Si no llego a estar yo aquí, a estas horas estarías bien muerto —dijo Mat.

Dan, a pesar de estas palabras, no se atrevió todavía a volver la cabeza. Pensaba que podría haber más compañeros que intentarían traicionarle.

Mat, que se dio cuenta de lo que le sucedía a Dan, le dijo:

—¡Puedes estar tranquilo...! Solamente eran dos. Ese otro no será tan loco como para intentar suicidarse.

Mat tenía mucha razón. Beth, al ver aquellos

revólveres que le apuntaban levantó sus brazos, murmurando:

—Yo...

—¡Eres un cobarde al que vamos a colgar como a un cerdo...! —le interrumpió Mat —. Tu misión era distraer a ese muchacho para que el otro disparara sobre él. ¡No les sucedería nada porque están respaldados por mi patrón y el sheriff!

Dan, al reconocer a Mat, le dijo:

—¡No olvidaré lo que has hecho por mí, Henderson!

—No tiene importancia. Pero otra vez desconfía del valor de estos cobardes.

—Creo que tienes razón, debí pensar que me habrían tendido una trampa. ¡Gracias!

Los testigos se miraron entre sí sin comprender lo que realmente sucedía allí dentro.

Lo único que sabían y no les cabía la menor duda, era que el muerto había intentado disparar sobre alguien.

Aquellos dos «Colts» en sus manos lo demostraban.

—¿Qué piensas hacer con ése? —preguntó Mat.

—Cuando me diga quién les envió...

—No es necesario, yo te lo diré —dijo Mat.

—¿Quiénes fueron?

—El sheriff y mister Spencer, el que ha sido mi patrón.

Dan miró a Beth y le preguntó:

—¿Les conozco?

Beth movió afirmativamente la cabeza.

—Debes serenarte y responder con tranquilidad. ¿Quiénes son esos personajes?

Beth, después de hacer un gran esfuerzo, respondió:

—El sheriff es Zo... El que disparó sobre tu padre...

El rostro de Dan se alegró con una sonrisa.

—¿Estás seguro?

—Sí. Él nos obligó a venir amenazándonos con colgarnos si no lo hacíamos.

—¡No le escuches! —gritó Mat, furioso—. ¡Es un embustero! ¡Si vinieron fue porque el sheriff les ofreció diez de los grandes!

Beth, comprendiendo que Mat debió escuchar la conversación, quiso sorprenderles, pero de haber conocido a Mat, no lo hubiera intentado.

Este sólo tuvo que oprimir una vez el gatillo.

Cuando Beth caía sin vida, exclamó Dan:

—¡No podré pagarte lo que has hecho por mí en toda mi vida!

—Debes olvidarlo... —dijo Mat.

Y seguidamente, dirigiéndose a unos que pretendían salir en esos momentos, gritó:

—¡Quietos! ¡Que no salga nadie!

Los clientes que pretendían salir, quedaron inmóviles.

—No quiero que salga nadie que pueda avisar al sheriff —advirtió Mat—. Tenemos que hacerles una visita. Yo también era uno de los elegidos por ellos.

—¿Dónde están?

—Nos esperan... Mejor dicho, esperan a ésos en otro local, pero seremos nosotros quienes les visitemos. ¡Vaya sorpresa que van a recibir!

Dan se aproximó a Mat, y estrechando con fuerza la mano del joven volvió a darle las gracias, repitiendo que le debía la vida.

Mat explicó cómo se había enterado de todo, y minutos después se dirigieron hacia el local en que el sheriff y sus amigos esperaban las noticias de los dos enviados.

Por el camino se pusieron de acuerdo sobre la forma de actuar.

El sheriff y Spencer hablaban con Patterson y los otros cinco vaqueros que les estaban acompañando.

Decidieron entrar por sorpresa.

Uno de los vaqueros dijo:

—Están tardando demasiado.
—Puede que se hayan entretenido hablando... Beth odiaba a Dan por la muerte de dos amigos —observó el sheriff.
—Será preferible que nadie sepa que nosotros intervinimos en esas muertes.
—A pesar de todo, deberíamos ir al local de Grace.
—¿Crees que sabrán hacer las cosas?
—Beth, así como Jeremy, fueron siempre muy veloces.
—A mí, quien me preocupa es Mat —dijo Spencer.
—Tengamos paciencia... —aconsejó el sheriff.

Mat y Dan entraron en el local agachados sobre sí mismos para que la estatura no llamara la atención a los que estaban reunidos.

Los sombreros los llevaban muy calados y echados sobre el rostro... De esta manera pudieron aproximarse hasta sus enemigos.

Dan, cuando estuvo muy cerca del sheriff, y Mat le dijo a quiénes tenían que vigilar, exclamó:

—¡Hola, Zo...!

El sheriff se volvió instintivamente, y al reconocer a Dan, quedó como petrificado.

Spencer, que también reconoció a Mat, palideció visiblemente.

—Hola, Dan... —Dijo con mucha dificultad el sheriff—. Me alegra verte por aquí.

—¿Estás seguro de que te alegra?

El de la placa, tragando la saliva con dificultad, murmuró:

—¿Por qué no había de alegrarme?
—¿Sabes quiénes acaban de morir?
—¿Morir? ¡No sé a quiénes te refieres!
—¡Es inútil que siga mintiendo, sheriff! —dijo Mat, interviniendo—. ¡Hemos venido dispuestos a terminar con ustedes!

—¡Mat! —gritó Dan—. ¡No olvides que el sheriff me pertenece! Durante más de dos años le ha buscado por toda la Unión sin conseguir encontrarle... No podía pensar que estuviera tan cerca de mí. ¡Por fin voy a vengar a mi padre!

El sheriff y sus amigos totalmente convencidos de que hablando no iban a conseguir nada, decidieron resolver aquel asunto por el camino más rápido. ¡Por las armas!

Pero, tanto Mat como Dan, demostraron, asombrando a todos los reunidos, ser muy superiores.

—¡Promesa cumplida! —exclamó contento Dan.

Cuando abandonaban el local, quedaban ocho cadáveres sobre el suelo.

El sheriff, Spencer y Patterson entre ellos. Los otros cinco, pertenecían al rancho de Spencer.

Una vez salieron a la calle los dos autores de aquellas muertes, todos los reunidos en el local empezaron a hacer comentarios.

Todos admiraron a los dos muchachos.

Ambos habían demostrado poseer las mismas condiciones, tanto en rapidez como en tétrica seguridad.

Pero como una de las víctimas era el sheriff de la ciudad, Dan dijo a Mat:

—Voy a visitar al gobernador. ¿Me acompañas?
—No. Prefiero esperarte.
—¿Qué piensas hacer?
—Buscar trabajo.
—Lo buscaremos los dos.
—¿No piensas volver a los federales?
—No... ¿Dónde me esperas?
—En el local de Grace.
—No tardaré.

Grace salió al encuentro de Mat, preguntándole:
—¿Qué ha sucedido?
—Hemos eliminado a dos enemigos de la sociedad...

—¿El sheriff y Spencer?
—Sí... Y a Patterson y a cinco vaqueros más del rancho de Spencer.

Grace no pudo evitar temblar ante aquellas palabras que le produjeron un frío intenso.

Mat bebió solo en una esquina del mostrador, siendo observado con mucha curiosidad por todos los reunidos.

Mientras bebía, pensaba.

—¿Qué piensas hacer ahora? —preguntó Grace.
—Buscaremos trabajo Dan y yo.
—Una vez muerto el sheriff, su ayudante, si encuentra los pasquines que se refieren a ti, los colocará. Estás en peligro.

Mat, no había pensado en eso. Ni se le había ocurrido. Grace tenía mucha razón.

—Si fuera así, me iría lejos de aquí.
—¿Dónde está Dan?
—Fue a visitar al gobernador.
—Si deseáis trabajar aquí, yo puedo daros trabajo.
—Gracias, Grace, pero prefiero la vida al aire libre.
—El trabajo es más duro.
—Pero más sano.
—Si lo deseas, hablaré con algún ranchero.
—Eso sí te lo agradeceríamos.

Pero unos minutos más tarde, cuando se enteraron que Dan y Mat solicitaban trabajo, fueron muchos los ganaderos que se lo facilitaron. Se vieron en un compromiso sin saber a quién aceptar, rechazando a los demás.

Para evitar suspicacias, Grace fue la encargada de decidir en sorteo con quiénes irían a trabajar.

Mat sonreía viendo aquel sorteo.

Irían a trabajar los dos con un tal Tracy... Era muy conocido en la región y muy estimado. Esto le agradó a Mat.

Esperaban que Dan estuviera de acuerdo en trabajar

para Tracy.

Dos horas más tarde, se presentó Dan en el local.

Mat le dijo lo que sucedía, alegrándose Dan de tener ya trabajo.

—He hablado con el gobernador respecto a ti, Mat... —dijo Dan—. Y espero que dentro de unos días consiga tu indulto.

—No has debido hacerlo.

—No discutamos sobre esto. He creído un deber de amigo intentarlo. Sé que eres inocente y es lo único que importa.

—Te lo agradezco, pero...

Minutos más tarde, los dos amigos salieron con el nuevo patrón.

Tracy iba orgulloso con sus dos nuevos vaqueros. Sabía que los demás rancheros le envidiarían, ya que la fama de Mat se había extendido por toda la comarca.

Tres semanas más tarde, Mat se encontraba en el local de Grace hablando con mucha animación con la muchacha, cuando un vaquero se aproximó a él, preguntándole:

—¿Mat Henderson?

—Sí.

El vaquero tendiendo una mano a Mat, que se la estrechó maquinalmente, le dijo:

—Me alegra mucho conocerte. Yo fui muy amigo de tu hermano Tim. No comprendo cómo le pudieron colgar. ¡Estoy convencido que era inocente!

Grace sintió miedo al ver el rostro de Mat.

Este, desencajado, y con voz sorda, preguntó:

—¿Que colgaron a mi hermano...?

—Sí... —respondió el vaquero—. ¿Es que no lo sabías?

—¡No! ¿Cuándo fue?

—Hace un mes.

—¿Por qué le colgaron?

—Le acusaron de la muerte de un tal Frank Roger...

Me lo conto otro amigo que paso por tu pueblo, pero no pudo decirme mucho más... Yo vivo en un pueblo cercano. No sé exactamente lo que sucedió porque nadie quiere hablar sobre ello. Pero estoy seguro que tu hermano era inocente.

—¿Dónde conociste a mi hermano?

—En Trinidad. Estudió conmigo en Kansas City un año...

—¿Quieres contarme lo que sucedió?

El vaquero habló durante varios minutos. No supo decirle muchas más cosas. Cuando finalizó, Mat le dio las gracias al vaquero y salió del local.

Grace corrió tras él, pero no le alcanzó... La muchacha sabía muy bien que ya nunca más volvería a ver al hombre que amó en secreto.

Dan entró una hora más tarde y Grace le explicó lo sucedido.

—Estoy segura que se marchó a Ordway... —dijo Grace con lágrimas en los ojos.

Supuso Dan en el acto lo sucedido y decidió seguirle.

5

Por la noche se envolvió en las mantas y procuró dormir. Debía conservar el máximo de sus energías, que le harían falta una vez estuviera en Ordway.

Había tomado la determinación de regresar a Ordway para informarse de lo sucedido a su hermano.

Mat recordaba la época, no tan lejana, en que se vio obligado a huir. Fue una pelea sin gran importancia por la eterna cuestión del ganado, y en la que se vio obligado a matar a tres. Pero lo hizo para defenderse.

Si mató, fue porque se vio en peligro de morir. Pero estas muertes, sin trascendencia, vulgares, como tantas otras en el Oeste, le acorralaron.

Frank Roger era, en realidad, amo y señor del pueblo gracias a la usura, y fue quien aconsejó lo del pasquín ofreciendo un premio.

Mat estuvo en la montaña, pero como ofrecieron mil dólares por su muerte, no tuvo más remedio que defenderse de nuevo... Mató a otro hombre, viéndose en la necesidad, para no seguir así, de alejarse.

A pesar de que ya no había ningún pasquín en su contra, gracias a la petición de Dan al gobernador, para él no era nada grato volver a su pueblo.

Pero debía hacerlo para enterarse de lo que había sucedido...

Recordaba a su hermano Tim. Tenía un gran corazón.

Su venganza no quedaría satisfecha hasta terminar con los que hubieran intervenido en la muerte del joven bueno y noble. Es la promesa que se hizo.

Sentía impaciencia por llegar y, sin embargo, supo contenerse.

Seis días después llegaba a las montañas que daban escolta a su rancho y gracias a las cuales los vientos no dañaban a los pastos, protegidos por ellas.

Al fondo veía el pequeño pueblo donde él y su hermano habían nacido.

Si Tim había matado a Roger, había hecho una acción justiciera... Era un especulador cobarde.

El odio que siempre había sentido hacia su padre lo demostró en la persecución que hizo de Mat, ofreciendo mil dólares por su muerte.

Desechó todos estos pensamientos... Ahora debía de pensar en cómo actuar. Primero buscó un refugio en la montaña.

Debía esperar una oportunidad para ir al pueblo a informarse. Sabía que si le veían los amigos de Frank Roger, intentarían matarle por la espalda.

Quería buscar a su madre que, según el amigo de Tim, creía que había sido arrojada del rancho y vivía en las montañas.

Veía el rancho donde nació y pasó sus primeros años hasta que, meses antes, se vio obligado a huir.

No veía ganado, pero salía humo de la casa. Si su hermano había muerto y su madre no estaba allí, eso indicaba que la casa estaba ocupada por otras personas.

Vio algún vaquero moverse a distancia. Eran

extraños.

Esperaría a que uno de ellos se acercase a las montañas y le informaría por las buenas o por las malas, de lo sucedido.

Como Mat se había quedado en la montaña Dan llegó antes que él a Ordway.

Dan entró en el único almacén-bar que había. No quería preguntar por nadie... Debía encontrar a Mat o escuchar lo que se dijera de él.

Los ocupantes del almacén le miraron con curiosidad, pero Dan hizo como que no se fijaba en esta observación de que era objeto.

—He visto buenos ranchos por aquí y tal vez un buen vaquero encuentre trabajo —lo dijo como comentario.

—¿Eres de la comarca? —le preguntó el barman,

—No.

—Entonces, no encontrarás trabajo. A los de aquí no les gustan los forasteros.

Dan se echó a reír y replicó como gracia:

—¡Eso solo significa que tenéis de qué temer...! ¿No es así?

—Será mejor que sigas tu camino.

—Hablaré primero con los ganaderos.

—Perderás el tiempo —insistió el barman.

Dan se encogió de hombros y se apoyó en el mostrador.

Dos horas después se marchó de allí, no habiendo oído hablar más que de ranchos y ganado.

Pero al día siguiente volvió.

—¿No vienen los rancheros por aquí? —preguntó.

—Sí, pero ya te dije que perdías el tiempo.

—No importa. No tengo prisa. Aún me quedan unos dólares.

Por fin el barman le preguntó:

—¿Vienes de muy lejos?

—De Denver.

—¿Oíste hablar de un tal Mat Henderson?
—No. ¿Quién es?
—Es un pistolero de aquí. Dicen que es muy famoso por Denver.
—Pues no he oído una palabra de él. ¿Se escapó de aquí?
—Sí. Mató a varias personas.
—¿A traición?
—No.
—¿Con ventaja?
—No.
—Entonces, ¿por qué dices lo de pistolero con tanto desprecio?
—Porque lo es.
—Si no mató a traición ni con ventajas, será un hombre rápido, pero no un pistolero en el sentido que tú das a esa palabra.
—Los muertos eran personas honradas.
—¡Ah, ya comprendo...! Y por eso trataron de abusar de ese muchacho, pero no lo consintió, ¿verdad?

Dan sabía que aún no había llegado Mat. Ahora le interesaba averiguar todo lo que pudiera.

No pudo seguir hablando con el barman por la entrada de unos vaqueros, que miraron sorprendidos a Dan.

—Es un forastero que busca trabajo —aclaró el del mostrador.
—No encontrará trabajo aquí —dijo uno de ellos—. Debe seguir su camino.
—Eso es lo que yo le he dicho, pero desea hablar con los ganaderos.
—¡No conseguirá nada!
—Viene de Denver y dice que no oyó hablar de Mat —añadió el barman.
—Habrá cambiado de nombre. Mat no era tonto.
—Si algún día se entera de lo de Tim, vendrá y...

—¡Cállate! Si viene, peor para él. Haríamos lo mismo que con su hermano.

—Pero fue un error. Mister Roger no murió.

Dan ahora comprendía menos y no daba crédito a sus oídos.

Sin embargo, recordaba haber oído a Grace decir que le colgaron por la muerte de un tal Roger y ahora resultaba que este Roger no había muerto.

—¡Herman...! —Dijo uno de los vaqueros, el que hablaba con el barman—. Por allí pasa la hija de Roger. Está cada día más bonita.

El que respondía por Herman se acercó a la ventana para mirar hacia la calle.

—Viene a este almacén.

Y al decir esto, los dos vaqueros se retiraron de la ventana uniéndose a los otros.

Dan vio entrar a una joven preciosa.

Todos los que estaban en el almacén saludaron con respeto a la joven, que respondió con una sonrisa muy agradable.

—¿Está Sophia? —preguntó Ruth Roger al barman.

—Sí. Está dentro, con su padre.

—¿Quiere decirle que estoy aquí?

Desapareció el barman por una puerta que había junto al mostrador y volvió a salir unos minutos después acompañado por una joven, casi tan bonita como la otra.

—Hola, Ruth —saludó.

—Hola, Sophia. ¿Quieres venir conmigo?

—Bueno...

Y las dos se marcharon.

—Esa Sophia no puede olvidar nunca a Tim Henderson —dijo un vaquero.

—Creo que se querían como hermanos.

—¡No digas tonterías...! Estaban enamorados.

—Pues ella asegura lo contrario.

—Ella no puede decir otra cosa.

—¿Por qué no?
—Porque su padre no lo consentiría.
—Estás equivocado... Yo creo que Sophia es sincera cuando asegura que apreciaba a Tim como un hermano y que no había nada entre ellos.
—Pues si fuera así, no comprendo por qué odia a todos por su muerte... —comentó el barman.
—Yo creo que de ser un hombre habría empezado a disparar sus armas —añadió otro vaquero.
Los vaqueros que acompañaban a Herman se marcharon, y Dan, entonces, creyó que era el momento de informarse bien del todo.
—Bonitas muchachas esas dos. Es lástima que no pueda quedarme aquí.
—Sí... Son las dos más bonitas de este pueblo. Ruth es muy posible que sea la mujer más bonita de Colorado.
—Pues la otra no tiene nada que envidiarle.
—Es cuestión de gustos.
—¿Casadas ya?
—No... Pero una de ellas, no tardará mucho en contraer matrimonio... Ruth será la esposa de Clark Drake, rico ranchero de Trinidad y uno de los personajes más influyentes del territorio.
—¿Y la otra? Parece muy triste. He oído que su novio murió colgado —dijo Dan
—Aseguran que se amaban, y otros dicen que se querían como hermanos.
—Y murió colgado, ¿verdad?
—Sí. Era hermano de Mat Henderson... No eran novios pero yo creo que se amaban, aunque no podrían haberse casado, ya que el padre de ella no lo hubiera consentido.
—Pero podrían marcharse de aquí...
—Sí. Supongo, pero fue colgado y todo se acabó. Pero esta muchacha no le olvida. Su padre va a llevarla a Denver para que se distraiga.

—¿Por qué colgaron a ese muchacho?

El barman miró a todos los lados y dijo en voz baja:

—Por la muerte de un hombre que todavía vive. Se marchó de aquí y creyeron que le había matado. De nada sirvió su firme negativa.

—¡Eso es monstruoso! ¿Qué dijo el presunto muerto cuando volvió?

—Que estaba bien muerto. Que habían hecho bien y todos se pusieron tan contentos.

—¡Qué cobardes!

—¡Cállate! Pudieran oírte y si saben que hablé así...

—¿Eras amigo de Tim?

—Mucho. Era un gran muchacho.

Por el barman, Dan se informó que a la madre de Mat le habían echado del rancho y vivía en la montaña, cerca de la tumba de su hijo, a quien ella misma descolgó y enterró en persona.

Dan se marchó en busca de ella.

Pero la madre de Mat se escondía rápidamente siempre que veía ir hacia aquella parte a algún vaquero.

En Ordway nadie se acordaba de ella. Excepto Sophia y Ruth, que la buscaron varias veces, pero sin éxito.

Dan paseó por las proximidades de la montaña.

Fue Mat quien le conoció en el acto cuando le vio venir a caballo.

Pero no quiso dejarse ver para que se marchara. No quería comprometer a su amigo.

Dan regresó al pueblo contrariado por no encontrar a la madre de Mat.

No podía encontrarla nadie porque estaba enferma metida en la cueva, donde se había refugiado... De haber salido para cualquier cosa, su hijo, que vigilaba muy atentamente la zona, le habría visto.

Mat se dijo que tendría que ir hasta Ordway para informarse.

Mientras, Dan esperó el regreso de Sophia. Quería

hablar con ella.

Lo que no sabía era cómo empezar. Por fin decidió esperarla en la calle y abordarla lejos de testigos. Ella le daría toda información.

La venganza la haría él, pero quería empezar por los responsables.

Se colocó en la puerta, y cuando vio llegar a Sophia salió a su encuentro, diciendo:

—Procure no acusar interés por mis palabras. Estoy buscando a Mat Henderson, que ha venido para vengar a su hermano. ¿Le ha visto por aquí?

Sophia miró a Dan con interés.

—No. No le he visto. Si ese muchacho viene le matarán, como a Tim.

—No será tan fácil. Seremos dos, y le aseguro que les costará trabajo.

Sophia sonrió satisfecha al escuchar estas palabras.

Después se fijó en Dan y, sonriéndole, dijo:

—No podemos hablar ahora... Espéreme mañana a esta misma hora a la salida del pueblo en esa dirección —y Sophia con disimulo, le señaló.

—Nos están mirando algunos vaqueros.

—Les extraña que me hable. Diga que me preguntó algo que no está relacionado con los Henderson.

—Hemos de coincidir —dijo Dan—, si queremos engañarles... Diré que le he pedido que hable a su amiga para que me admitan en su rancho de vaquero.

—De acuerdo.

Y Sophia se marchó a su casa.

—¿Qué te decía ese vaquero? —preguntaron a la joven.

—Que hable a Ruth para que le admitan de vaquero en su rancho.

—Se habrá enamorado también de ella —comentaron.

—¡Es posible! —dijo Sophia, desapareciendo en su casa.

Dan tuvo que oír bromas sobre su posible enamoramiento de Ruth.

Y para Sophia las horas fueron interminables... Tenía miedo de ver aparecer a Mat o enterarse que había sido muerto por los hombres de Roger.

Dan pasaba las horas en el almacén y pudo conversar con los vaqueros que le pedían datos de Denver al saber que él había estado y procedía de allí.

A pesar de que hablaba con aparente cordialidad, no quería dar confianza a nadie. En todos ellos veía a los posibles asesinos de Tim Henderson.

Como los vaqueros comentaban que se hubiera atrevido a hablar a Sophia sin todavía conocerla para que ésta lo hiciera con Ruth, cuando llegó John Art, hombre de confianza de Roger, administrador de muchos de sus bienes, le dijeron que Dan quería trabajar en el rancho.

Art ocupaba el rancho de los Henderson.

Miró con curiosidad a Dan y dijo:

—Es muy posible que durante el rodeo necesite de los servicios de algún vaquero, pero éste no parece acostumbrado a esas faenas.

Dan que lo había oído se le acerco sonriente y dijo:

—Las apariencias suelen engañar muchas veces. Puedo asegurarle que soy uno de los mejores vaqueros de la Unión... Además, para lo que usted quiere, puede servir cualquier vaquero. Pero no tengo gran interés. Cuando se me termine el dinero, volveré a la cuenca de Denver.

—No sabía que había aparecido oro en Denver —dijo Art, extrañado.

Dan riendo, agregó:

—¡Y no ha aparecido oro...! Pero para mí, Denver es una cuenca maravillosa, ya que existen muchos locales en los que con un poco de habilidad con los naipes, se consigue rápidamente el dinero suficiente para estar otra temporada sin trabajar.

—¿Eres profesional?
—¡Oh...! ¡No...! Pero me considero uno de los mejores jugadores de la Unión.
—Me pareces un poco fanfarrón.
—Si alguna vez nos sentamos a jugar, comprenderá que de fanfarrón no tengo nada. Tuve un gran maestro y les aseguro que le superé.
Los reunidos sonreían escuchándole.

6

—Si quieres quedarte pronto sin dinero, puedes jugar con nosotros —dijo Herman.
—Está bien, pero si os gano, no protestéis. Hay veces que si estoy de suerte...
—No te preocupes, no lloraremos —replicó Herman, riendo de un modo escandaloso.

Dan sentía un verdadero placer en esa oportunidad.

Se formó una partida, y Dan no abusó demasiado. Recordaba las palabras de su padre cuando aseguraba que no habría un solo ventajista que pudiera superarle.

Perdía y ganaba.

Pero cuando consideró llegado el momento, sus hábiles manos asentaron el resto sin detenerse ya.

Herman, muy contrariado, sudaba... Sus amigos hasta entonces, le habían considerado casi invencible.

Cuando dieron por terminada la partida, Dan ganaba más de cien dólares.

—Mañana nos concederás la revancha —dijo Herman.
—No sería justo negarse —respondió.

Invitó a cuenta de las ganancias, a todos.

—Me gusta ese muchacho —decía Herman a sus amigos al marchar—. Es frío y muy sereno. Será difícil ganarle. Sabe no comprometerse en jugadas peligrosas. Hay que jugar fuerte con él. Hoy hemos equivocado la táctica.

Dan se hubiera frotado las manos de satisfacción si hubiera oído esto.

Tenía dinero para ir a dormir al hotel, pero prefirió hacerlo al aire libre.

Al día siguiente, desde muy temprano, esperó impaciente a Sophia... Cuando ésta apareció galopando, le hizo señas con la mano.

Pronto se reunió con él, diciéndole:

—Van a sospechar de usted si nos ven juntos. Hasta ahora creen de verdad que es un vaquero. ¿Dónde está Mat?

—No lo sé. No debe estar lejos de este pueblo.

—Hay que buscarle y evitar que venga. Le matarían.

—Pero, ¿por qué mataron a su hermano?

—Fueron órdenes de Roger y de su hombre de confianza, Art. Estoy muy segura que prepararon entre los dos la trampa. Roger se marchó de viaje, pero sin decir nada a nadie. Después le acusaron de su muerte a sabiendas de que vivía. Son unos asesinos.

—Si Mat viene y conoce esto, no dejará de disparar sus armas sobre todos.

—Le matarían a las pocas horas... Dispararían sobre él por la espalda. Hay que evitar que se presente en Ordway.

—Estará buscando a su madre.

—Yo la busqué pero no tuve éxito.

—¿Dónde está enterrado Tim?

—No lo sabe nadie... Le enterró ella sola. Dicen que la han visto por esa parte de la montaña.

—Vayamos a ver esa zona. Seguro que está cerca de

la tumba de su hijo.

—Hace días que no la ve nadie. Creen que se ha marchado o ha muerto —dijo Sophia con tristeza—. Podemos buscar pero por separado. Si nos ven juntos por allí, empezarían a sospechar. Tengo miedo por usted.

—No me importa —dijo Dan.

—No conoce a estos hombres. Será mejor que busquemos por separado.

Dan reconoció que sería mejor así, pero no por él, sino porque de no hacerlo de ese modo la comprometería a ella.

Por ello regresó Sophia al pueblo y Dan buscó con afán. Pero por la noche regreso sin haber obtenido el menor éxito.

Antes de ir al pueblo pasó por el rancho que fue de Mat y habló, con Art.

Este dijo que le emplearía a la semana siguiente. Dan estuvo de acuerdo en esperarle.

Al llegar al almacén para comer, dijo que se había decidido a trabajar al menos por un par de semanas.

No salió en toda la tarde del pueblo... Quería estar vigilando a los del almacén por si llegaba Mat.

Por la noche le invitaron otra vez a jugar.

Llevaban una hora jugando cuando un vaquero, que acababa de marcharse, volvió a entrar muy asustado y nervioso, gritando:

—¡Mirad...! ¡Mirad...! Hay dos vaqueros muertos sobre sus caballos. Alguien les ató a ellos después de morir.

Todos, incluso Dan, salieron a comprobar lo que el vaquero decía.

Los caballos ya estaban atados a la barra. Se miraron entre sí todos. Porque nadie se había dado cuenta de nada.

Después miraron a Dan de un modo especial.

—¿A qué hora ha venido éste? —preguntó Herman al barman, por Dan.

—No salió en toda la tarde —respondió el del mostrador.

—¿Qué quieres decir con esa pregunta? —preguntó Dan.

—Nada.

—Habla... —la voz y la actitud de Dan cambiaron radicalmente—. ¡Habla y no seas cobarde! ¡Di qué quisiste decir!

Todos se asustaron. Conocían a Herman.

—He dicho que nada. ¡No me insultes otra vez!

—Tú has tratado de insultarme antes a mí. ¿Por qué has preguntado eso luego de ver estos cadáveres? ¡Habla!

—Será mejor que lo dejemos... Voy hasta el rancho. Eran nuestros vaqueros. Tal vez allí sepan algo.

Y Herman se marchó sin recoger su dinero, que quedó sobre la mesa.

—No sé cómo después de hablar a Herman como lo hiciste, vives todavía —dijo un vaquero a Dan.

—Y yo aún no me explico cómo no le maté al hacer esa pregunta.

—No nos conoces cuando hablas, así.

—¿Es que éste es un pueblo de pistoleros?

—Tiene que ser muy sospechoso que suceda esto cuando tú estás aquí. ¡Es un pueblo totalmente pacífico donde todos nos conocemos!

—¿Llamáis pueblo pacífico donde se cuelga a un muchacho acusado de matar a un hombre que está vivo? Yo diría que es un pueblo de asesinos cobardes.

La acusación era tan terminante y tan inesperada, que nadie respondió.

—¿Quién te ha dicho a ti eso? —preguntó el vaquero que habló antes.

—Lo he oído decir aquí. ¿Es que no es cierto?

—Era un indeseable.

—¿Por qué no luchasteis noblemente frente a él? Tuvisteis miedo, ¿verdad? Era más sencillo ese sistema.

—Era un Henderson.

—¿Y qué? ¿Eso es un delito?

—No —respondió otro—, pero les despreciamos.

—El desprecio de un cobarde no es cosa que pueda preocupar.

El último que habló, juzgando mal a Dan, quiso responder con las armas.

Cayó con un agujero en la frente cuando empuñaba sus «Colts».

—Creo que no será el último que se equivoque conmigo. ¿Qué decís vosotros?

Miraban sorprendidos el cadáver de su amigo.

Dan no dejaba de vigilar, aunque había enfundado otra vez.

Todos los presentes le miraban con cierta preocupación. No se habían dado cuenta del movimiento de sus manos.

Apareció Sophia al oír el disparo, acompañada por su padre.

Blood se informó de lo sucedido y miró a Dan con atención. Luego le preguntó:

—¿Qué puede importarte a ti lo de Tim Henderson?

—Era, según he oído decir, un buen muchacho y fue asesinado. ¡Odio a los cobardes! Y la muerte de ese muchacho fue una cobardía de muchos. De casi todos, diría yo.

El tono en que se expresaba Dan era agresivo.

Sophia le sonrió. Le agradaba que defendiera a Tim.

—Este hombre tiene mucha razón... ¡Fue una gran cobardía de todos vosotros! Algún día vendrá Mat a pediros cuentas —dijo levantando el tono de voz.

El nombre de Mat hizo temblar a todos.

La mayoría pensó que ya había llegado. Porque sólo

Mat podía tener interés en matar a los vaqueros de su rancho ocupado ahora por extraños.

Sophia sabía el efecto que sus palabras habían producido e insistió:

—¡Mat no se dejará sorprender como hicisteis con el pobre Tim! No le va a importar seguir figurando en los pasquines... Un día matará a dos, otro a cuatro, y, poco a poco, irá barriendo de este pueblo a todos los cobardes que asesinaron a su hermano. Estoy segura que cuando salgáis por las noches de este almacén os estará esperando y os disparará sus armas sin que podáis hacer nada por defenderos. Hoy ya ha avisado con esas dos muertes. Otro día no avisará.

Dan observaba los rostros que le rodeaban.

Todos estaban lívidos. Las palabras de Sophia les hacían temblar.

Miraban a Dan.

Empezaban a pensar que era un compañero de Mat que acababa de demostrar de lo que sería capaz.

Nadie replicó a Sophia.

Su mismo padre estaba asustado. Pero haciendo un gran esfuerzo, le dijo:

—¡Cállate! No digas más tonterías.

Pero en su interior, pensaba que no eran tonterías. Pensó que el hecho de no haber visto a la madre de Mat, debía estar motivada por la llegada de éste.

Los vaqueros se marcharon minutos después... Se les veía bastante preocupados y sin ganas de divertirse.

Dan pensaba en las palabras de Sophia. Este sería un magnífico castigo y un modo de sembrar el pánico en la población.

Si otros dos cadáveres eran amarrados a sus caballos y les veían en Ordway, no habría quien estuviera fuera de sus casas al ser de noche.

Decidió dedicarse a esto.

No había uno solo que no mereciera ese ejemplar

castigo en un pueblo tan cobarde como Ordway.

Herman llegó al rancho y llamó a Art para darle cuenta de lo que había sucedido en el pueblo.

Para Art, esto carecía de importancia... Supuso que habrían peleado con los de otros ranchos, con quien era notorio que no se llevaban bien.

No podían unir ese hecho con la existencia de Mat, de quien ni siquiera se acordaban.

Comprendió Art que no se debía decir nada a Roger hasta que se enterase él.

Herman le dijo que había dejado los cadáveres sobre los caballos y le preguntó qué es lo que se debía hacer.

Art envió a cuatro vaqueros para que se hicieran cargo de ellos y los llevasen hasta el rancho. Desde allí serían conducidos al cementerio.

Herman le dijo entonces que debían ir solo dos, puesto que habían quedado otros dos vaqueros en el pueblo, pero Art, ante el temor de que no se les encontrara, insistió en que fueran los cuatro.

Y no volvió a hablarse más de ello.

Unas horas después, como no habían regresado todavía los cuatro vaqueros con su macabra mercancía, se asustaron todos.

Ya de madrugada, se levantó Herman al oír unos golpes dados a la puerta de la casa. Soñoliento, abrió la puerta y se volvió a la cama, diciendo sin mirar:

—Ya pudisteis venir antes. Os hemos estado esperando, preocupados.

Art también se despertó al oír los golpes y gritó:

—¡Herman! ¿Han venido ya? Que dejen los cadáveres dentro y preparen unas cajas.

—Sí. Ya han venido, aunque no he hablado todavía con ellos. Ahora se lo diré.

De mala gana se vistió Herman y volvió a salir de su cuarto.

La puerta estaba como él la había dejado.

—¿Qué hacéis ahí afuera? ¿Es que no entráis?

Se asomó y vio a cuatro jinetes que estaban sobre los caballos y otras dos monturas con los cadáveres cruzados.

—¿Qué pensáis hacer? ¿Es que no vais a desmontar nunca? ¡Venga, abajo! ¡Quiero volverme a la cama!

Los jinetes no se movieron.

—¡Venga, dejaos de bromas! Abajo. Dice Art que hagáis las cajas para ésos.

Iba a entrar otra vez en la casa, y al ver que no se movían, se acercó a ellos.

No pudo ni gritar ni decir una palabra. La boca reseca y la lengua paralizada por el miedo se lo impedían.

¡Cuatro muertos más!

Con unas gruesas ramas atadas a las sillas, se mantenían rígidos.

Por fin pudo hablar y, gritando, llamó a Art.

Sus gritos despertaron a todos, que acudieron asustados... Pero el verdadero susto fue cuando vieron aquel dantesco espectáculo.

Art ya no pensaba como antes.

Alguien había llamado a la puerta y no pudo ser, ninguno de aquéllos.

—¿Qué dices ahora? —preguntó Herman.

—Es muy extraño todo esto. ¡No lo comprendo!

—Aquí hay un papel escrito —dijo un vaquero.

Recogió el papel que estaba prendido sobre uno de los cadáveres y lo entregó a Art.

Este, cuya preocupación le hizo ponerse muy nervioso, empezó a leer el papel.

Sólo había unas palabras escritas. Decían así:

«Os reuniréis conmigo. Tim Henderson.»

—¡Esto es una broma de mal gusto! —exclamó Art.

Pero él no pensaba que se trataba de una broma... Eran seis cadáveres los que tenía frente a él. Hizo un gran esfuerzo para que no se notase el temblor que

sentía.
—Allí vienen más caballos... Sin jinetes —dijo Herman.

En efecto, dos caballos avanzaban despacio. Sin prisa.

—¡Traen un cuerpo cruzado cada uno...! —Gritó Herman.

Pronto pudieron comprobar que era cierto.

Eran los cadáveres de los dos vaqueros que habían quedado en Ordway.

Los vaqueros se miraban unos a otros, aterrados.

—¡Fijaos bien en esto! Todos han muerto por un disparo que ha sido igual para todos ellos. Entre los dos ojos.

El mismo Art, que quería presumir de serenidad, notó que las piernas le temblaban, y para que no se lo notasen entró en la casa y se sentó.

Los dientes le castañeteaban de tal forma que sintió vergüenza de sí mismo. Pero era demasiado ocho cadáveres.

—¡Esto es obra de Mat Henderson...! Siempre dije que si se enteraba de lo de Tim vendría. ¡Ya está aquí! Pero no lo veremos... Nos estará vigilando, y cada noche matará unos pocos —dijo Herman, asustado.

—¡Hay que avisar a Roger! —indicó, al fin, Art.

—Ahora no debemos movernos de aquí... —replicó Herman—. Habrá más cadáveres para enterrar mañana.

Art comprendió que en la situación de nervios y miedo en que se encontraban todos, sería imposible hacer ir a nadie hasta el rancho de Roger.

Se metieron todos en la casa... Cerraron la puerta y las ventanas y no se preocuparon de los muertos.

Pasaron el resto de la noche paseando nerviosos. Cada uno decía una cosa relacionada con los hechos.

Por fin, al ser de día, oyeron los lúgubres graznidos de las aves de rapiña.

Salieron y una terrible bandada estaba describiendo círculos sobre los cadáveres. Esto imponía más que los mismos muertos.

—Ahora, de día, podremos avisar a Roger y al sheriff de Ordway.

—Yo me voy.

—Y yo...

—Y yo...

Todos los vaqueros dijeron que no deseaban seguir en ese rancho. Incluso pensaban marcharse de Ordway.

Art se puso muy furioso, pero él mismo deseaba alejarse de allí.

Sin embargo, luchó por evitar la huida. Les llamó cobardes, pero ellos le dijeron que unas horas antes le habían visto temblar.

Art, muy enfadado, les replicó:

—¡No era miedo, era furor!

Pero insistieron en su negativa. Recogieron sus cosas y prepararon los caballos.

Se iban a alegar de Colorado. Eran cinco en total. Por mucho que hicieron para que se quedasen, no lo lograron. Y les dejaron marchar.

Sólo Herman y Art no hablaron de huida... Pero sabían que luchar contra alguien a quien no se puede ver sería una locura.

Art y Herman, desmontaron los cadáveres y los dejaron en el suelo, sin enterrar.

Se marcharon hacia el rancho de Roger.

Las dos mujeres que les atendían, al conocer y ver lo sucedido, muy asustadas, se marcharon a Ordway.

Estas fueron las encargadas de dar la noticia en el pueblo.

Blood, asustado, escuchaba a los cowboys que hablaban de ello en su almacén.

Sophia, al enterarse, pensó que Mat no se detendría hasta terminar con todos.

El juez y el sheriff acudieron al almacén... Todos pensaban en lo mismo. Había que avisar a Roger.

7

La presencia de Dan les hizo mirarle con recelo. Le contaron lo que había sucedido y comentó:

—Algún loco anda por aquí, que terminará con toda la población de cobardes.

—No es un loco, no —dijo el sheriff—. Es Mat Henderson.

—Eso es peor entonces, porque sabrá elegir a sus víctimas.

—Tú mataste anoche a uno defendiendo a Mat y a Tim. ¿Le conocías? —preguntó el de la placa.

—No... Le maté por defender mi vida. Iba a disparar sobre mí. Hay muchos testigos. ¡Pregúntelo!

—Todo esto es muy extraño —observó el juez.

—No comprendo por qué les extraña que un hermano vengue el criminal asesinato de Tim Henderson. Le colgaron por matar a un hombre que está vivo.

—Nosotros le creíamos muerto.

—Sheriff... Lo primero que debe buscarse es la víctima... —dijo Dan—. Me parece que no se salvará nadie de este pueblo... Ese muchacho hará responsables de lo de su hermano a todos. Yo en su caso haría lo mismo.

—Hay que empezar a hacer algo, sheriff —pidió Blood—. Si viene al pueblo nos irá matando en nuestras casas.

—Formaremos un grupo cada noche y rondaremos por el pueblo... No vamos a dejar que nos asuste un hombre solo —dijo el sheriff.

—Que mató en pocas horas, como un rodillo diabólico, a ocho cowboys —comentó Blood.

—Los cinco cowboys que quedaban en el rancho ya han cruzado el pueblo en dirección hacia Nuevo México —dijo una de las mujeres que escaparon del rancho.

—¡Qué cobardes! —comentó el juez.

—¿A quién le tocará esta noche? —preguntó Sophia.

Estas palabras produjeron verdadero pánico.

Todos pensaban en que no saldrían de sus casas.

Aún estaban comentando estos hechos, cuando llegó Roger con un grupo de jinetes, entre ellos Art y Herman.

—¡Sheriff...! —Dijo Roger—. ¿Ya sabes lo sucedido?

—Sí.

—Hay que organizar un buen grupo de jinetes y que busquen a Mat Henderson por los alrededores. No puede estar muy lejos. Hay que encontrarle y colgarle en el lugar más visible del pueblo. No podemos permitir que atemorice a toda una ciudad... Todos sus amigos, de existir, pagarán los crímenes de ese loco.

—Me parece una gran torpeza —comentó Dan—. No creo que haya muchos amigos de esos muchachos, pero de existir, ellos no pueden ser nunca responsables de los actos que hayan realizado otros.

—¿Tú quién eres?

—Un cowboy.

—¡Ya te estás largando de este pueblo...! —Gritó Roger—. No quiero verte por aquí dentro de una hora.

Dan comprendió que sería inútil insistir. Todos

aquellos vaqueros estaban asustados y necesitaban a alguien para poder vengarse. Le miraban dispuestos a matarle.

Cuando estuvo lejos, gritó:

—¡Volveré en ayuda de los Henderson!

El sheriff dijo a Roger:

—No debió echarle... Tiene razón. Si llega a conocimiento del gobernador, enviará delegados suyos a investigar y...

—No se hable más de este asunto. ¡No me gusta ese muchacho!

—Si vuelve a la capital y lo comenta llegará a oídos del gobernador...

—Debieron pensarlo cuando asesinaron a Tim Henderson —dijo Sophia.

—¡Tú, vete a casa! —gritó Blood a su hija.

—Sí, pero no evitaréis que esta noche haya nuevas víctimas.

—¡Vigilaremos con atención! —dijo Roger.

—Entonces encontraréis muertas a vuestras familias cuando regreséis a casa.

Sophia no pensó que con sus palabras acababa de impedir la formación de grupos de cowboys de vigilancia.

Al pensar en las palabras de la joven, ninguno quiso dejar abandonadas sus casas.

No sirvió de nada que Roger quisiera hacer valer su jerarquía como hombre adinerado e influyente.

Su influencia sobre los habitantes de Ordway se había terminado ante el miedo que se había desencadenado.

Roger gritaba insultando a todos.

Sólo un pequeño grupo de incondicionales se aprestaron a vigilar por el rancho que fue de Henderson.

Durante todo el día no se habló de otra cosa.

Fueron a recoger los cadáveres y sólo pudieron enterrar despojos. Las aves se habían ensañado con ellos.

Sophia lamentó la ausencia de Dan. Era un muchacho que le agradaba.

Salió del pueblo con el deseo de encontrar a Mat. Pero tuvo que regresar sin haberlo conseguido.

Tampoco vio a Dan que, estaba segura, se encontraría en la montaña.

En el fondo gozaba con el miedo que habían causado.

Lo que más asustó a los cowboys era que todos los cadáveres tuviesen idéntico agujero en la frente.

Esa era la marca de Dan. De ese modo había matado a uno en el almacén.

Después de marchar Dan de Ordway cayeron en la cuenta de este detalle.

Los trabajos se abandonaron en los ranchos antes de que fuera de noche. Y todos, sin excepción, se recogieron temprano a sus casas.

El almacén de Blood estaba desierto y, como estaban seguros de que no iría nadie, cerraron muy pronto.

Art y Herman durmieron muy poco... Pasaron casi toda la noche hablando en el comedor. Envidiaban a los que marcharon hacia el Sur.

A la mañana siguiente, frente al almacén de Blood, que era el sitio más céntrico de Ordway, estaban colgando cinco cadáveres.

Eran los cinco cowboys que se habían marchado con ánimo de cruzar la frontera con Nuevo México.

Los cinco tenían la frente destrozada.

Sobre el pecho de uno de ellos había una nota que decía:

> *Tengo conmigo a muchos hombres y ninguno podrá huir de Ordway como no sea para reunirse conmigo.*
>
> *// Tim Henderson //*

Esto colmó el pánico.

Enviaron aviso a Roger y éste acudió.

Ante la presencia de esos cinco cadáveres tembló como un chiquillo.

Art y Herman, cuando se enteraron, decidieron abandonar el rancho que había sido propiedad de los Henderson.

Roger no pudo convencerles para que siguieran allí.

Mat no podía estar más contento. Había matado a varios cowboys que gozaron con el espectáculo de su hermano ahorcado.

Estaba seguro de que el pánico se apoderaba de todo Ordway... Mientras pensaba, se encontraba sentado sobre una roca que dominaba todo el valle.

El rancho en que nació y se crio, estaba muy cerca de donde se encontraba.

Dejaría unos días tranquilos a los vaqueros y cuando estuviesen mucho más relajados, volvería a borrar del pueblo a otros cuantos.

Había decidido hacer un castigo que no pudiera olvidarse en toda la vida... Disparaba con el rifle sobre ellos y, luego, con el «Colt», les hacía la señal que suscitaba la mayor sorpresa y el más intenso terror.

Le preocupaba bastante Dan, si todavía continuaba en Ordway... Pero confiaba en que sabría defenderse.

Vio venir un jinete hacia la montaña. Siguió avanzando hasta llegar a ella. Pero poco antes de llegar fue desmontado violentamente por un extraño que hizo el caballo.

Se levantó minutos después cojeando visiblemente.

Mat empuñó su rifle y descendió al encuentro de él... Iba a ser una víctima más que llevaría esa noche al pueblo.

Anduvo con cautela cuando consideró que estaba cerca.

Poco a poco fue asomando el cuerpo sobre unas

rocas. Colocó el rifle en el hombro.

A muy pocas yardas estaba el jinete en el suelo. No podía caminar.

Apuntó con serenidad y ya iba a disparar sobre aquella espalda, cuando al quitarse la víctima el sombrero, quedó al aire una cabellera femenina.

Esto le contuvo.

Miró con más atención. No conocía a la muchacha que tenía ante él.

Ella, ajena a que era observada, atendía su pierna herida.

De pronto lanzó un agudo chillido y empezó a correr, cayendo a los pocos pasos, para volver a levantarse y correr de nuevo.

En el acto comprendió Mat lo que sucedía y corrió hacia ella.

Las pisadas de Mat en el suelo duro le descubrieron y Ruth, pues era ella, le miró con sorpresa y los ojos llenos de lágrimas.

Iba pendiente Mat del suelo y, a pocas yardas antes de llegar a la muchacha, disparó.

Una cascabel enorme se retorcía en la agonía.

—¿Dónde la mordió? —preguntó Mat a Ruth.

—Aquí, en esta pierna.

—¡Levante bien la ropa! —casi gritó Mat al tiempo de quitarse el pañuelo del cuello.

Ella, indecisa, no sabía qué hacer.

Fue Mat quien anudó el pañuelo alrededor de la pierna unos centímetros más arriba de donde había sido mordida.

Una vez atado el pañuelo, metió el cañón de uno de sus «Colt» y empezó a retorcer con fuerza.

La presión en la pierna se acentuaba.

—Tiene que resistir. Hay que evitar que el veneno ascienda.

Seguía oprimiendo el pañuelo por torsión ejercida

con el «Colt».

—Sí. Lo comprendo. Me duele mucho, porque me tiró el caballo.

—Ya lo vi —confesó inconscientemente Mat.

—¡Ya no resisto más! Parece que el pañuelo me va a cortar la carne.

—No tema. Sujete el «Colt» y no lo suelte.

Ruth obedeció y entonces Mat se dejó caer al suelo y succionó en la mordedura de la serpiente con mucho cuidado.

Succionó varias veces, expulsando la sangre que extraía.

—He oído decir que eso que hace es muy peligroso para el que lo hace.

—No tema. Después de todo..., ¡poco importaría!

Había tanta tristeza en estas palabras, que Ruth, conmovida, le pasó cariñosa una mano por la cabeza.

—Tenga cuidado.

—Hay que succionar mucho. El veneno suele caminar muy rápido por la sangre. Creo que habré llegado a tiempo... Ahora la llevaré a mi refugio. Tengo clorato, que es un buen antídoto para este veneno, y tendrá que estar quieta unas horas.

—Me duele mucho el golpe de la caída.

Considerando suficiente lo que había succionado, Mat vio la otra pierna, que era en la que se hizo daño al caer.

Miró a Ruth, diciendo:

—No ha tenido suerte en esta excursión. ¡Está rota...! Trataré de arreglarla, pero la tengo que llevar a donde vivo.

Cogió a Ruth en brazos.

Ella se abrazó al cuello de él para ir mejor y le miró a los ojos varias veces.

—¿Duele?

—¡Mucho! —respondió ella.

—Con un trozo de manta y ramas de árbol uniremos las partes rotas y tendrá que permanecer muchos días quieta.

—Eso no importa, si consigo curar. Creo que no curaré. La serpiente...

—No diga eso. Me han picado o mordido más de una vez y aquí estoy —mintió Mat.

Era cierto que había visto morder a muchos y ninguno de ellos había muerto.

Con mucho cuidado dejó dentro de la cueva a Ruth y salió en busca de unas ramas. Regreso a los pocos minutos.

Forró las ramas con trozos de manta y las colocó en la pierna.

Después, con el lazo, oprimió las ramas fuertemente... Ella perdió el conocimiento a causa del dolor.

Cuando volvió en sí, Mat estaba colocando cristales de clorato en la mordedura de la serpiente.

—¡Le estoy originando muchas molestias! —dijo Ruth.

—No tiene importancia. Ya verá como dentro de unos días está como nueva. Pero no podrá salir de aquí. No debe andar.

—Si me pone sobre mi caballo llegaré a casa y...

—No. Lo siento, pero no podemos correr el riesgo de que caiga otra vez del caballo. Y yo no puedo llevarle.

Ruth miraba a Mat, encontrándole como hombre muy agradable... Para ella no había duda de quién era.

Había ido en su busca y, sin embargo, ahora no se atrevía a decirle nada.

Iba para decirle que no siguiese matando gente, pero al mismo tiempo se daba cuenta que era justa su venganza.

No era un loco, como decían en Ordway.

Mat, por su parte, no hacía nada más que pensar en quién sería esa mujer tan bonita que estuvo muy cerca de morir a sus manos.

Unos segundos más en quitarse el sombrero y ya no existiría.

No se atrevía a mirarla a los ojos porque suponía que estaría enterada de las muertes realizadas por él. Tenía que imaginar que era el responsable.

Ruth, por su parte, pensaba en que su padre, cuando no apareciera esa noche, iba a movilizar a todo Ordway para que saliesen en su busca. Si encontraban a Mat le matarían, no sin que antes causara muchas víctimas.

Por eso quería que la dejase marchar.

Pero Mat se opuso de modo terminante.

Ella notó que la fiebre la invadía y cogió las manos de Mat asustada.

—¡Me muero...! —le dijo.

—Tranquilízate —respondió cariñoso Mat—. Tienes fiebre, pero pasará. Ya lo verás. El clorato vencerá ese veneno.

Mat pasó la mano por el rostro de Ruth como si ésta fuera una niña.

Era muy de noche cuando Ruth volvió en sí.

Al abrir los ojos muy asustada, sintió una de sus manos oprimida con suavidad por la de Mat y oyó su voz:

—No temas... Estás mucho mejor. La fiebre ha bajado mucho. Confieso que me has asustado, pero ya estás libre de peligro.

—Tengo sed.

A los pocos segundos se sintió incorporada con suavidad y Mat puso una cantimplora en sus labios.

—Despacio... —dijo Mat.

—Gracias.

Y Ruth oprimió la mano de Mat que sostenía la cantimplora.

—Ahora procura dormir. No temas, yo velo. No me dormiré —dijo Mat dejando caer la cabeza de Ruth sobre la almohada, que había improvisado con una manta.

Algunas de las que tenía pertenecieron a sus víctimas.

Ruth no tenía miedo, como sería lo natural.

Y así pasó la noche.

—Lo que no tengo son muchos víveres. Iré a buscarlos.

—No. No me dejes sola —pidió Ruth—. No tengo hambre.

Ruth no quería que saliera por temor a que los hombres que estarían buscándola le encontrasen.

De pronto, pensó en su caballo. Estaría pastando solo si no se había vuelto al rancho.

—¡Ah... mi caballo! —exclamó.

En el acto comprendió Mat lo que significaba esta exclamación.

8

—Yo le traeré con el mío.
—Procura que no te vean —le dijo valientemente y mirándole con fijeza a los ojos.
—No me verán. Estate tranquila.
—Vuelve pronto si quieres que no pierda la tranquilidad —dijo Ruth cuando él estaba a la puerta de la cueva.

Mat no tardó mucho en regresar. Su refugio estaba en la parte más abrupta de toda la montaña.

Mat estuvo mirando el rancho que había sido suyo... Estaba sentado junto a la entrada de la cueva. Desde allí veía a Ruth, a la que miraba sonriendo de vez en cuando.

De pronto se puso en pie y miró con atención.

Allá, lejos, se veía un grupo de jinetes.

—¿Qué pasa? —preguntó Ruth, incorporándose.
—¡Nada...! ¡No es nada...!
—¿Son muchos...?
—Unos diez —respondió maquinalmente Mat.
—¡Márchate! Que me encuentren a mí sola.

Mat la miró sonriendo.
—No temas. No llegarán hasta aquí.
Ruth sintió miedo al oír hablar así a Mat. Sabía lo que quería decir.
—Me están buscando a mí. Les habrá extrañado que no vuelva a casa en tantas horas.
Comprendió Mat que era natural la inquietud de su familia.
—¿Eres de Ordway? —preguntó Mat.
—No, pero vivo allí.
—¿Tienes mucha familia?
—Mi padre.
—¿Hace mucho que estáis en Ordway?
—No —mintió Ruth.
No se atrevía a decir quién era.
Había empezado a sentir una extraña atracción hacia Mat y no quería perderle... Pero se daba cuenta que tan pronto como Mat supiera su nombre, no querría volver a verla.
Ella había llegado a Ordway después de la ausencia de él.
La muerte de Tim Henderson fue un terrible disgusto para ella, sobre todo cuando apareció su padre, al que creyó que el muchacho había asesinado.
Odiaba con todo su corazón a Art, que la hizo sentir deseos de matarle, cuando se dio cuenta que había descrito una muerte que él sabía que no había sucedido, ya que Art no ignoraba que su padre se había marchado de viaje... La acusación se hizo de acuerdo con su padre, que buscó a Tim para que le vieran con él por última vez antes de marchar para poder acusarle después de asesinato. Desde entonces empezó a ver claro los asuntos de su padre y el ídolo cayó por el suelo, rompiéndose.
Sophia la informó de muchas cosas que ella ignoraba.
Comprendía el odio de Mat hacia su padre.
Sophia había estado muy encariñada de Tim y ella se

estaba empezando a enamorarse de Mat. Por todo esto temía que él pudiera saber quién era ella.

Sin embargo, Mat sospechó desde el primer momento la verdad.

Creía recordar haber oído decir que Roger tenía una hija lejos de Ordway estudiando y que estaba destinada a ser la esposa de un personaje de Trinidad.

Por eso no le preguntó el nombre de su padre.

La sensación extraña que le hacía sentirse muy feliz al lado de aquella muchacha, le impedía aclarar las cosas.

Los jinetes dieron muchas vueltas, pero no se decidieron a llegar a la montaña.

—Ya se marchan —dijo Mat.

—¡Oh...! ¡Cuánto me alegro! Creerán que fui a casa de algunos amigos —mintió Ruth.

Mat sonreía comprensivo.

Pasó una semana.

Mat se marchó en busca de víveres.

En el rancho donde nació, que ahora estaba abandonado, cogió cuanto necesitaba y con ello atendía a la joven que, sin fiebre, sólo tenía la molestia de la pierna que estaba entablillada.

Seguía sin preguntarle su nombre. La llamaba pequeña, simplemente.

Ella no le dejaba marchar escudándose en un miedo terrible a quedar sola.

Mat no comprendía que el rancho estuviera tanto tiempo abandonado. Sin embargo, tenía su explicación.

Dan, cuando le echaron del pueblo, juró ayudar por su cuenta a la venganza de Mat. Conocía, por Sophia, los nombres de los miembros del jurado que juzgaron a Tim.

Le facilitó la dirección de todos, a quienes ella odiaba también con toda su alma.

Sophia hizo varias excursiones, buscando a Mat sin

el menor éxito.

Iba de noche para no ser vista, pero Mat, ahora solía salir muy poco de la cueva. Había retrasado su venganza hasta que la muchacha estuviese curada.

Sophia estaba deseando encontrarse con Mat para hablarle en favor de Ruth. Ella no era responsable de lo de Tim y quería decírselo.

Dan, a la siguiente noche de salir de Ordway, regresó con mucho sigilo y se dirigió a casa de uno de los que habían sido jurado.

Llamó y, cuando preguntaron desde dentro quién era y qué quería, dijo que iba de parte de Roger.

Se abrió la puerta y al verle se le quedaron mirando con sorpresa.

—¡Eres tú! ¿Por qué has dicho que vienes de parte de Roger? —le dijeron.

—Porque es así. Estoy de cowboy con él y me encarga que vengas ahora mismo a su rancho.

—Tú no trabajas con Roger...

—Entonces, ¿cómo sé dónde vives y cómo te llamas? Los otros están buscando a los demás. Hacéis falta en el rancho. Esta noche vamos a cazar a Mat.

Todo esto se lo dijo al que fue jurado.

La mujer estaba en las habitaciones interiores y no vio a Dan.

Por fin le convenció. Cuando iban cabalgando hacia el rancho, se detuvo Dan y dijo:

—¿Tú conocías a Tim Henderson?

—Sí.

—¿Le creíste un asesino cuando le juzgasteis?

—No, pero había que hacerlo. Eran órdenes del juez y de Roger.

—Pero, ¿sabíais que Roger no había muerto?

—Sabíamos que vivía.

—¡Cobarde!

Y Dan disparó sobre su rostro.

Unas horas más tarde colgaba frente al almacén de Blood.

Por la mañana todos culpaban a Mat.

Dan lamentaba no haber hecho esa noche lo mismo con todos. Ya no podría engañar a ninguno más en lo sucesivo.

No podía volver a Ordway sin poner en peligro su vida.

Tendría que hacerlo de noche y estaba seguro de que vigilaban en las casas y que le dispararían desde alguna ventana.

Por eso se marchó hasta Fowler. Después regresaría a estacionarse en la montaña en la que debía estar Mat.

Quería conocer antes lo que se decía en los pueblos sobre los sucesos de Ordway.

Pero en Fowler nadie se preocupaba de Ordway. Sabían que había una venganza por una muerte ocurrida hace tiempo.

Por ello Dan regresó y buscó un escondite en las montañas... Desde ellas vigilaría, seguro de que Mat saldría por las noches.

Por esta vigilancia fue por lo que Dan vio una noche como avanzaba una mujer por la llanura.

En el acto supuso que era la madre de Mat, a la que imaginó en compañía de su hijo y descendió veloz a su encuentro.

Ella, tan pronto se dio cuenta de su presencia, mientras estaba llorando ante la tumba de su hijo, huyó desesperada.

Cuando la alcanzó, le dijo Dan:

—¡No huya, mistress Henderson! ¡Soy muy amigo de Mat! Fíjese en mí. No soy de Ordway.

La mujer, escuálida y cubierta de harapos, miró a Dan, convenciéndose de que decía la verdad.

—¿Dónde está mi hijo? ¿Por qué no ha venido?

—¡Está aquí escondido! Pero no sé dónde...

Dan le contó todo lo que sabía.

Ella escuchó con paciencia.

—Eso que hace Mat es una locura. Hay que encontrarle. Tim no volverá a la vida y le van a colgar también a él.

—Debe de estar metido en estas montañas. Estoy seguro que sí vigilamos con mucha atención le descubriremos.

Mistress Henderson dijo que había estado mucho tiempo enferma.

Cuando supo que Roger vivía dijo a Dan que el crimen era aún mucho mayor, pero ya no tenía remedio y quería evitar que hicieran lo mismo con Mat... Si ella pudiera ver a su hijo estaba segura de que le convencería.

—Ahora tenemos que actuar para salvar a mi hijo Mat.

—Le buscaremos.

La muerte de tantos vaqueros planteó un problema a Roger. Necesitaba hombres para las tareas del rodeo, ya que resultaban insuficientes los disponibles y los otros rancheros no podían ceder a los suyos.

La presencia de Mat era un gran inconveniente también, porque el pánico se había apoderado de todos.

No tendrían miedo a luchar frente a él de día, viéndole, pero en la noche no había mucho por hacer.

Dan seguía atendiendo a la madre de Mat.

Pero ésta, mientras él dormía, se escapó del refugio.

Supuso, al despertar, que habría ido a su cueva y la buscó inútilmente.

Mistress Henderson había ido a visitar a Roger. Sabía que era el verdadero árbitro de Ordway.

Cuando los cowboys la vieron llegar con aquel aspecto, retrocedieron instintivamente.

Le dijeron en el rancho que estaba en Ordway. Sin pérdida de tiempo, se dirigió hacia allí utilizando el caballo de Dan, con el que había escapado.

Los que estaban en el almacén de Blood la vieron entrar totalmente asombrados.

Allí estaba Roger, que acarició la culata de sus armas, muy pálido por la sorpresa de esta visión.

Los que habían visto en la calle pasar a la vieja fueron al almacén.

—¡Roger! —dijo ella—. Asesinaste a mi hijo Tim, porque protestó porque le estabas robando... Todos los que le juzgaron sabían bien que no habías muerto, pero era orden tuya condenarle a muerte y lo hicieron. Si tuvieras conciencia no podrías vivir. ¡Te odio con toda mi alma por asesino...! Pero no quiero que a mi hijo Mat le suceda lo mismo. Habéis abandonado mi rancho. Me iré a vivir a él y confío en que Mat me visite... Si lo hace, yo le convenceré para que cese en su venganza. Con ella no puede volver a la vida a su hermano. A cambio, quiero que le dejéis en paz.

—¡Está loca si espera que yo acceda! Mi hija ha desaparecido. Estoy seguro que Mat le ha matado. ¡Era lo único que tenía! ¡He jurado matarle! Ahora has venido tú y sabrá lo que es el dolor de perder también a su madre.

—Puedes matarme si ése es tu deseo, pero entonces no quedaréis uno solo con vida en este pueblo. No se detendrá. No habrá quien lo detenga.

—¡Ha matado a mi hija y eso...!

—¡No te creo...! ¿Dónde está su cadáver...? Esa es otra historia como la de tu propia muerte. La habrás mandado lejos para obligar a tus hombres a que acorralen a Mat. Pero éste no es Tim...

Los que escuchaban miraron a Roger y en sus miradas había duda... No creían en la muerte de su hija. No habían creído en ella en ningún momento.

El precedente suyo les hizo dudar.

Roger comprendió que no le creían. Tendrían que ver el cadáver de Ruth.

—Lo que dices es muy extraño. Hay que reconocer que hasta ahora los cadáveres han sido colgados o enviados sobre los caballos. No es costumbre en Mat ocultarlos... Puede ser que tu hija se haya marchado de tu casa... Estamos varios testigos de que antes de que desapareciese, te mostraste muy duro con ella —dijo uno.

Esto era lo que todos pensaban.

—Sí. Reconozco que es extraño —confesó Roger—, pero mi hija hace muchos días que no volvió a casa.

—Puede haber sufrido un accidente —dijo mistress Henderson—. Di a tus hombres que dejen tranquilo a Mat, y si yo le veo, le convenceré para que no siga su venganza.

—Cada dos o tres días aparece un cadáver colgado. Ya son muchos. Eso no se puede olvidar en un minuto.

—Todos fueron jurado en el juicio de Tim —dijo uno—. Me refiero a estos últimos.

—Y no dejará uno con vida si no le dais una oportunidad de vivir conmigo. Aún no le he visto... He sabido por casualidad lo de estas muertes y quiero que mi hijo pare, pero tienes que ayudarme, Roger.

—Mi ayuda será colgarte a ti también.

Al decir esto, Roger vio el desagrado que produjo en los que le rodeaban.

—¿Es que no estáis de acuerdo? —gritó.

—La madre no puede ser responsable de lo que haga el hijo —exclamó uno—. No se ha colgado jamás a una mujer.

—¡Él ha matado a mi hija!

—¿Dónde está su cadáver? ¿No ves que no podrás convencer a quienes te conocen?

Roger estaba excitadísimo porque reconocía que era cierto... No le creían y esto le desesperaba.

Todos creían que había enviado lejos a su hija para poder acusar a Mat de su muerte.

—Si yo consigo ver a mi hijo, estoy segura que he de convencerle para que se marche lejos otra vez, o esté en el rancho conmigo.

—¡Ese rancho es mío! —gritó Roger.

—Tú sabes que la deuda era muy inferior a la cantidad que tú pusiste en el recibo. Es lo que fue a reclamarte Tim... También en esto te conocen todos. Si tengo a Mat conmigo te pagaremos los mil quinientos dólares, pero tienes que devolverme todas las reses que me habéis robado. Y que valen mucho más que esa cantidad.

Apareció Sophia y corrió a abrazar a la madre de Mat.

—¡Quédese aquí en casa! —exclamó.

Blood intervino:

—Ya te he dicho mil veces, Sophia, que no quiero...

—No es posible que tratéis de abandonar a esta mujer después de asesinar a su hijo. ¡Si es así, os desprecio a todos!

—Escucha, Sophia... —decía Blood, sudando.

—No tienes que decirme nada, papá. ¡Sois unos cobardes!

Sophia estaba excitadísima.

—Tranquilízate, hija mía... Yo no merezco esta discusión ni que te disgustes. Es el odio de mister Roger la causa de todo. Odiaba a mi esposo y se venga con nosotros. Le obedecen todos como cobardes y les hace hacer lo que no sienten.

—Creo, mister Roger —dijo uno de los testigos—, que mistress Henderson propone una cosa justa. Ella convencerá a Mat y debemos olvidar todos nuestros agravios.

Coincidieron muchos con él.

Roger comprendía que su actitud no era aceptada de buena gana por nadie, pero no podía permitir que le desobedecieran y que perdieran el temor hacia él y sus hombres.

—¡Sheriff! ¡Hágase cargo de esta mujer!
—¡Si lo hace, mañana aparecerá el cadáver del sheriff y de mister Roger colgados en ese árbol de enfrente...! —gritó Sophia a su vez.

No era una amenaza baldía. Ya habían aparecido en aquel árbol muchos cadáveres.

El sheriff suponía a Sophia en relación con Mat.

—Mister Roger —dijo el sheriff—, no creo que haya motivos contra ella.

—He dicho...

—Lo siento, mister Roger, no puedo hacerlo. Este pueblo necesita tranquilidad y esta mujer viene a ofrecerla.

—¿Y todos los muertos habidos...? ¿Y mi hija...?

—Su hija volverá como regresó usted y los muertos no resucitan por hacer lo que propone.

Roger comprendió que su ascendiente había desaparecido por el terror.

9

—Está bien, pero yo no estoy de acuerdo. Si veo a Mat le mataré.

—Roger: usted odiaba a mi esposo porque nunca se doblegó ante sus peticiones. A la muerte de él, se dio cuenta que mis hijos tampoco le iban a obedecer. Enfrentó a aquellos asesinos con Mat, pero mi hijo pudo con ellos... Usted aprovechó la ocasión para hacer unos injustos pasquines... Mat tuvo que escapar para no seguir matando. Al quedar solos Tim y yo, pasamos una mala situación porque nos robaban el ganado... Yo fui a pedirle prestado ese dinero, pero usted puso otra cantidad en el recibo... Tim sabía que era usted el que nos robaba el ganado... Sé que le iba a acusar de cuatrero y también de querer robarnos el dinero... Por eso fingió su muerte y ordenó que le declarasen culpable. Ese odio que nos tiene solo lo puede solucionar enfrentándose a mi hijo... Yo le diré que venga a buscarle. Si se atreve a luchar frente a él con valentía y sin traición, debe hacerlo. Pero todos los demás, ya no deben seguir —dijo mistress Henderson.

—También tendrá que enfrentarse conmigo —dijo Herman.

—Y a mí —añadió Art.

—No podía creer que hubiera tantas personas con deseos de morir... Porque no se hagan ilusiones: Mat les matará a los tres y lo hará públicamente. Les desafío yo en su nombre.

—¡Cállate tú, Sophia!

—Déjame, papá. No puedo consentir que estos cobardes alardeen de valor. Ya veréis cuando se encuentren con él.

—No creas que le tememos —dijo Herman.

—¿No? ¡Mat, ven aquí, pero sal preparado! —gritó Sophia.

El efecto de estas palabras fue que Roger, Herman y Art empezaron a correr hasta sus caballos, en los que montaron a toda prisa.

—Ahí tenéis a los valientes a quienes servís ciegamente —dijo Sophia—. No he visto a Mat ni sé dónde está. Tú, papa, puedes salir de tu escondite.

Blood, que se había escondido, en efecto, salió, pero su rostro estaba aún muy pálido.

—Puede decir a su hijo si le ve, que todo ha terminado. Nuestro terrible error con Tim ya está suficientemente castigado. Hasta el juez ha sido colgado por él —dijo el sheriff.

—Me instalaré en mi rancho y Mat me verá. Vendrá a verme. Pero deben devolverme mis reses —dijo mistress Henderson.

—Hablaré con Roger en este sentido —agregó el sheriff.

Ese mismo día se instaló mistress Henderson en el rancho y Sophia fue a estar unos días con ella. Tenían la esperanza de que al ver a las dos, acudiera su hijo.

Sophia opinaba que debían andar mucho durante el

día delante de la casa para que Mat pudiera verlas.

El primero que las vio fue Dan, que se dirigió hacia el rancho.

Cuando apareció ante la madre de Mat, dijo ésta:

—Tienes que perdonarme que me llevase tu caballo.

—¿Ha estado en Ordway?

—Sí, y hablé con Roger. Sabe que estoy aquí.

—Se presentará para echarla.

—No lo hará. Ahora ya no le obedecen como antes. Ha dicho que Mat mató a su hija. Esta no ha vuelto a casa desde hace muchos días.

—Es un viejo truco de Roger. No siempre le iba a dar el mismo resultado —dijo Dan.

—Me agrada tenerle aquí. Entre nosotras —declaró Sophia.

—Si viene Mat, entre los dos atenderemos el ganado.

—No hay una sola res y no creo que Roger me las devuelva.

—Si él las robó, nosotros podemos hacer lo mismo. ¿Está lejos su rancho?

—Es el siguiente a éste —dijo Sophia—. No hay ni alambrada.

—¡Mejor! —exclamó Dan—. Mucho más sencillo así.

—¡No! No quiero que nosotros hagamos lo mismo que ellos... Creo que me devolverá mi ganado para que podamos pagarle esos mil quinientos dólares —replicó la madre.

—El querrá hacer valer el recibo que tiene firmado y es de cinco mil dólares. Yo lo vi cuando acusaron a Tim de la muerte de Roger —dijo Sophia.

—No se preocupe. Pagaremos esa cantidad —afirmó Dan.

—Es demasiado dinero.

—A pesar de ello, lo tendremos... Se lo aseguro.

—Necesito que venga Mat —decía la pobre madre—. No quisiera morir sin verle otra vez.

—Vendrá tan pronto como sepa que están ustedes aquí —dijo Dan.

Dan se instaló en la casa y pensó que marchándose una temporada podría conseguir con el naipe unos miles para comprar ganado o pagar la deuda que Roger tenía de cinco mil dólares.

Si viviera su padre, le apoyaría totalmente, ya que nunca estarían mejor empleadas sus habilidades con los naipes como en esa ocasión. Esa noche no pudo dormir pensando en ello.

Robaría con sus habilidades de ventajista y esto le haría gozar mucho, sabiendo que era por una buena causa.

Aunque le dolía tener que abandonar a Sophia. Empezaba a sentir cierta inclinación hacia la joven, que empezó a preocuparle.

Hombre siempre de rápidas decisiones se levantó muy temprano, llamó en el cuarto de Sophia y, cuando ésta abrió, le dijo en voz baja:

—Me marcho, Sophia. Estaré ausente alrededor de dos semanas. Si viene Mat debes procurar convencerle para que se quede aquí y que no vaya por el pueblo.

—No deberías marchar, Dan —murmuró Sophia, un tanto entristecida.

—Debo marcharme porque aquí hace falta dinero. Voy a buscarlo y traeré mucho.

Sophia se abrazó a Dan y le besó.

—¡Ten mucho cuidado! —le dijo—. Procura no comprometerte mucho.

—Cuidaos y cuidad a Mat. Es un gran muchacho. ¡Volveré pronto!

Dan, salió con sigilo, y en la puerta de la calle encontró a mistress Henderson.

—Agradezco lo que vas a hacer por nosotros. Ten cuidado. He oído lo que has dicho a Sophia. Si ves a mi hijo dile que le espero.

Sonreía para sí Dan al pensar que no había engañado a esa mujer.

Montó a caballo y se alejó.

Sólo quedaba en el rancho el caballo que utilizaba Sophia.

—Es un gran amigo de mi hijo —dijo mistress Henderson a Sophia.

—Se marcha a hacer trampas con los naipes para conseguir dinero.

—Eso es muy expuesto —protestó la anciana.

—Pero lo hará con gusto por él. Si sigo viéndole...

—Te comprendo, hijita. ¡Parece un gran muchacho!

—¡Lo es!

Poco después de amanecer, ya estaban las dos mujeres a la puerta de la casa.

Sophia gritó de alegría y de sorpresa. Vio venir con el caballo de la brida a Mat. A su lado, montada en un caballo, venía Ruth. Esto sí que no lo comprendía la muchacha.

La madre de Mat, como loca, corrió, a pesar de sus años, con ligereza, al encuentro de su hijo.

Se detuvo al conocer a Ruth.

—¡Mamá, mamá! —dijo Mat, abrazándola y llorando con ella.

En unos minutos no pudo hablar Mat. Su madre tampoco.

—¡Hola, mistress Henderson! —dijo Ruth —. Debo la vida a su hijo. ¡Es magnífico!

—¡Oh, gracias! Había creído que eras su prisionera.

—Sí pero voluntariamente. Estaría toda la vida a su lado —confesó Ruth.

—Venid, venid a casa.

—Pero... —empezó Mat.

—Ya te contaré, hijo mío.

—Es Sophia la que ha estado con usted, ¿verdad...? —preguntó Ruth.

—Sí.

Sophia saludó, abrazando a los dos.

—¡Tu padre está diciendo que Mat te había matado...! Quería colgar por ello a Mat, pero primero a su madre, como hizo con Tim.

Ruth dijo con voz débil:

—Mi padre ha cometido muchas y terribles equivocaciones. Hoy veo claro todo. Yo iré a hablar con él.

—No le convencerás, hija mía —dijo la madre de Mat.

—Cuéntame lo que pasó, mamá. ¿Cómo es que has vuelto a esta casa?

La madre de Mat le contó lo sucedido luego de su marcha de casa. No le ocultó nada. Le dijo lo de la deuda con Roger y la falsificación de la cantidad por éste en el recibo. Y cómo sucedió la muerte de Tim... Por último, su visita a Roger, luego de saber por Dan que él estaba por allí y las muertes que había hecho.

—Y eso tiene que terminar. Tú puedes estar aquí conmigo. Tu amigo traerá dinero y pagaremos —dijo al final.

—Yo sólo maté a los cowboys que estaban en este rancho. A los otros, no. Nunca lo negaría. Habrá sido Dan.

—Eso no importa ahora. Es cosa pasada —dijo Sophia—. Hay que organizar la vida otra vez. No te echarán de tu rancho si pagáis a Roger.

—Mi padre no querrá cobrar ya. Le interesa más el rancho. Le conozco mucho mejor que vosotros. Sólo yo puedo convencerle —dijo Ruth.

Mat miraba sorprendido y disgustado a Ruth.

—No me mires así. No podía decirte la verdad por temor a perderte. Pero yo sé que tú lo sospechabas. Por eso no me has preguntado jamás cómo me llamaba.

Esto era cierto y tuvo que confesarlo Mat.

—Iré a verle y creo que mi padre me obedecerá.

—No le conoces nada bien si dices eso y lo crees de verdad —dijo la madre de Mat.
—Será mejor que yo hable con él —indicó éste.
—¡No...! Tú no irás a Ordway en mucho, *mucho* tiempo... —exclamó su madre—. Eso es lo que prometí. Debemos de esperar primero a que regrese Dan.
—Tengo miedo por él —confesó Mat —. Es muy conocido en Denver y por todas las grandes ciudades... Era federal y se separó del Cuerpo para perseguir a los asesinos de su padre, que era un inspector... Debo ir a unirme a él... Se ha expuesto mucho por mí, para que yo le abandone. Tú puedes terminar de curar aquí, pequeña. Aún no debes andar.
—Lo que dices es justo, pero para todos en Ordway, tú ya estás viviendo aquí. ¿De acuerdo? —preguntó a las dos muchachas.
—De acuerdo —respondieron éstas.
—Yo visitaré a tu padre y le diré que no tema por ti... Que estás viva y que pronto le visitarás —añadió Sophia.
—Me parece bien, pero querrá venir. Será mejor que no sepa nada aún.
Mat no quiso, perder más tiempo. Se despidió de su madre, abrazándola y besándola. Sophia le abrazó también y le besó.
Ruth le miró a los ojos, sonriendo, y dijo:
—Te confesaré ante tu madre una cosa que no es un secreto para ti. ¡Te quiero más que a mi propia vida!
Y al decir esto, le abrazó besándole también.
—Sí, ya lo sé. El destino ha querido que me enamore a mi vez de la hija del hombre a quien más odio en este mundo —y se marchó.
Ruth abrazó a la madre de Mat y a Sophia, exclamando:
—¡Me quiere! ¡Oh, qué feliz soy!
La madre de Mat, con los ojos llenos de lágrimas, observó:

—Te has olvidado que es un enemigo de tu padre y que jamás lo consentirá.
—¡No me casaré con nadie que no sea Mat!
—Tú debes conocer a tu padre.
—Tendrás que luchar mucho —dijo Sophia.
—No lucharé nada. Me casaré con él y nos iremos muy lejos. Usted no debe intentar retenerle aquí. Por eso murió Tim sin hacer feliz a Sophia.
—No. Tim y yo nos queríamos mucho, pero como hermanos... Era un cariño distinto del que empiezo a sentir por Dan —dijo Sophia.

Después, dirigiéndose a la madre de Mat, agregó:
—Debe ayudarla. Que se marche con Mat... Aquí nunca podrían ser felices. Además, en cuanto su padre se entere, le matarán para evitar el peligro de la huida.
—Por mí se pueden marchar ahora. Sólo quería ver una vez más a mi hijo.

Regresó primero Dan. Le salieron al encuentro las tres mujeres.

Sophia se adelantó a las otras y, ante la sorpresa de todos, abrazó entusiasmada al joven al tiempo que le besaba.

Dan, contento, correspondió a las caricias de la muchacha.

La madre de Mat se aproximó preguntando:
—¿Viste a Mat?
—No.
—¡No es posible...!
—¿Estuvo aquí?
—Sí.
—Y se marchó detrás de ti —agregó la madre de Mat.
—No lo comprendo —dijo Dan.
—Posiblemente... ¡Un momento...! ¿Dónde has estado? —preguntó Sophia.
—En Denver.
—No lo comprendo. Él también se dirigió hacia allí.

Dan, aunque no estaba muy convencido, dijo:

—Si estaba allí, no tardará en llegar. Ahora vamos a preparar las cosas. Habrá que pagar a ese usurero de Roger.

Mistress Henderson y Sophia miraron a Ruth.

—No se preocupen... Soy yo la primera en reconocer que mi padre es un usurero, aparte de otras cosas.

—Siento lo que he dicho...

—No debe preocuparse.

—¿Conseguiste el dinero?

—Sí. Traigo dinero suficiente. Podía haber traído más, pero hubiese tenido que estar más tiempo. ¿Cuánto hay que pagar?

—Yo le pedí mil quinientos, pero exige cinco mil.

—Es lo mismo. Podemos dárselos, y hay que ir cuanto antes.

—Esperemos a que venga Mat —dijo Ruth.

—Quisiera darle la sorpresa de que ya lo tiene todo arreglado.

—Primero, antes que nada, tengo que hablar yo con mi padre —insistió Ruth.

Dan habló con ellas de muchos proyectos para el futuro... Comentando sobre muchas cosas, llegó la hora de retirarse.

Mat, convencido de que no encontraría a Dan y sin ganas para soportar estar más tiempo alejado de los suyos y preocupado por si les hubiera sucedido algo, se dirigió a Ordway.

Caminó con menos prisa que Dan y llegó a su casa un día después... Le recibieron todos con gran alegría.

Dan le contó que disponía de seis mil dólares. Ante esta noticia, Mat silenció que él tenía mayor cantidad.

En el viaje de ida, se encontró con un pobre viejo que un grupo de bandidos quería eliminar y, después de salvarle, le contó su vida y el viejo le rogó que admitiera diez mil dólares por lo que había hecho por él. Era un ranchero rico y no los necesitaba.

No pudo oponerse, ya que en el fondo deseaba coger aquella gratificación para poder salvar sus terrenos.

Ruth dijo que era el momento de que ella fuese a visitar a su padre. Sophia añadió que iría con ella.

Aún no tenía la pierna curada del todo. Pero podía caminar con un poco de dificultad a causa del entablillado.

Dan y Mat quedaron en el rancho. Allí esperarían el resultado de esta visita.

La madre de Mat se mostró pesimista desde los primeros momentos. Conocía muy bien a Roger.

10

Sophia dijo a Ruth:

—¿Crees que tu padre accederá a cobrar ese dinero sin quedarse con el rancho?

—¡Creo que no...! Pero voy a intentarlo. Si no quiere hacerme caso, me marcharé con Mat muy lejos de aquí.

—Pero no digas nada a tu padre de estos propósitos.

—No, se si sabré engañarle. Estoy muy decepcionada con él. He observado que no le quiere nadie. Y reconozco que yo tampoco siento mucho amor hacia él.

—¡Le odian! Ha hecho mucho daño en Ordway.

—Para mí era el padre y hombre ideal... Pero cuando supe que acusaron a un hombre de la muerte de mi padre a sabiendas de que estaba vivo sólo por obedecerle a él, llegue a odiarle pero también a todos los que le obedecían. Es un pueblo de cobardes.

—Quiso colgar también a la madre de Mat...

—¡Creo que está loco! ¡No puedo creer que pueda ser tan malvado!

Siguieron hablando. Sophia también exteriorizó su

odio hacia Roger y hacia todos los del pueblo, incluido su padre.

Después, Ruth fue al encuentro de su padre. Le encontró en el almacén de Blood. Fue un júbilo general al ver aparecer a Ruth.

Su padre la abrazó y besó varias veces.

—¿Qué te sucedió?

—Ya te lo explicaré.

—¿Dónde estuviste?

—En la montaña.

—¿Estás herida?

—Ya hablaremos de ello... Ahora deseo hablar a solas contigo.

Herman y Art lo quisieron impedir. Pero ella, valientemente, dijo:

—Deseo hablar a solas con mi padre.

—Está bien... Podemos hablar mientras vamos hacia casa —propuso Roger.

—No. Prefiero hacerlo aquí.

—Lo haremos con mayor tranquilidad en casa.

—De lo que hablemos, depende si voy o no a casa.

Como la joven no cedió, ambos entraron en la trastienda del almacén de Blood.

Su padre la miró muy serio:

—¡No te comprendo!

—Ahora me comprenderás.

—¿Te encuentras bien?

—¡Perfectamente!

—¿Quieres explicarme lo que te sucedió?

—Me caí del caballo y, segundos más tarde, una cascabel me mordió.

—¿Y cómo pudiste curarte tú sola?

—No me curé yo. Si vivo se lo debo a un hombre que me atendió con todo cariño y todos los cuidados.

—¿Quieres explicarme con detalles lo sucedido?

Ruth obedeció explicando su accidente con todo

detalle.

—¡Ese hombre se llama Mat Henderson! —dijo Ruth para terminar el relato.

Roger estaba pálido.

—¡Ese cobarde! —replicó.

—Ese joven quiere vivir tranquilo en su rancho y te van a pagar lo que dice el recibo, aunque yo estoy segura de que su madre tiene razón... Lamentablemente, Tim que era el único que sabía, fue asesinado por tu culpa. Sé que lo de aumentar el importe de los que les dejabas, lo has hecho con mucha gente de aquí que te odia con todas sus fuerzas, pero cómo te temen, te obedecen sin decir nada.

—¡Has debido perder el juicio! —gritó Roger.

—¡No me interrumpas...! Déjame que termine... Después podrás decir todo lo que quieras. Ahora debes escucharme. El odio entre tú y los Henderson debe terminar... Les has hecho mucho daño pero están dispuestos a perdonarte, aunque tengo que reconocer que te debían odiar hasta tú muerte... Yo al menos, estando en su lugar, no te perdonaría. Pero ellos están dispuestos a quedarse en su rancho tranquilos. Y...

—¡No continúes! —Gritó—. ¡Ese rancho es mío!

—¡No es cierto!

—¡Te digo que ese rancho me pertenece! Y a Mat, le colgaré.

—¡Se lo robas! ¡No es tuyo! Así has conseguido todo lo que tienes. Si no quieres ser razonable, olvida que soy tu hija... Mi mayoría de edad me permite decidir y no voy a volver más a casa. Comprendo el odio que te tienen y yo llegaré a odiarte igual.

Roger golpeó en el rostro de Ruth varias veces.

Sophia que había estado escuchando lo que hablaban, porque suponía que iba a pasar algo parecido, entró empuñando un rifle que apuntaba a Roger, diciendo:

—¡Atrás, atrás! ¡Te voy a matar, coyote! ¡Eres la

desgracia de Ordway! Después de muerto, te voy a arrastrar de la cola de mi caballo para que goce todo el mundo.

—Escucha... Sophia...

—¡No supliques, coyote cobarde! Fijaos todos cómo tiembla este pelele que os hacía temblar a vosotros... Eres repulsivo. Te voy a matar. Tú eres el culpable de la muerte de Tim. Nunca te lo perdonaré. ¡Sí, valiente...! Me hubiera gustado verte frente a Mat... Ya una vez echasteis a correr los tres al oír su nombre.

—Sophia, por favor, no dispares —dijo Ruth.

—Ruth, voy a matar al ser más odioso de la tierra, aunque éste sea tu propio padre.

—¡No lo hagas Sophia! ¡No lo hagas! —pidió Ruth.

—No puedo dejar de hacerlo...! ¡Cómo gozo con ese rostro pálido de cobarde! Fijaos todos bien en él. ¡Y pensar que todos tembláis ante un hombre tan cobarde! Debería daros vergüenza.

—¡No me mates! Reconozco que alguna vez obré mal, pero te prometo que a partir de ahora voy a cambiar. Pueden quedarse los Henderson en su rancho... Sí. Es cierto que yo falsifiqué el recibo. Sólo les entregué mil quinientos. ¡Lo confieso! Pero pueden quedarse allí. Les perdono ese dinero... Si me matas, ese rancho no podrá ser suyo. Está registrado ya a mi nombre.

—Todos hemos oído tu confesión. Ya no importa si vives o no. ¡Y te voy a matar!

Blood cogió a su hija por detrás y la desarmó.

—¡Déjame! —protestó Sophia.

Roger respiró y a su rostro volvió el color.

—¡Ha querido matarme!

—¡Y lo hubiera hecho con mucho gusto!

—¡Debe ser juzgada!

—¡Papá!

—En cuanto a ese cobarde de Mat Henderson le colgaré yo mismo.

—Papá, acabas de decir...
—Tenía que engañar a esa loca.
—¡Eres despreciable!
Y Ruth, dicho esto, dio media vuelta.
—¡Ruth! —gritó su padre.
—No puedo obedecerte... ¡No es posible que tú seas mi padre!
Roger se puso muy serio.
—¿Quién te lo ha dicho? —preguntó.
Ruth no comprendía aquello.
—¡Habla...! ¿Quién te lo ha dicho?
—No sé de qué me hablas... —respondió aturdida Ruth.
—Fuiste tú, ¿verdad, Herman?
—Yo no hablé con ella de eso —dijo Herman.
—¿Quién fue, entonces?
—No lo sé... —respondió Herman.
—¡Tendrás que obedecerme!
—¡No lo haré!
—Tendrás que casarte con Clark Drake.
—No conseguirás nada de mí, papá...
—Drake se encargará de ti. Vendrá a por ti.
—No te molestes. ¡No iré a casa!
—Vendrás aunque tenga que llevarte a la fuerza.
Ruth, dando vueltas a las palabras de Roger, exclamó alegre:
—¡Un momento! ¡Ahora menos! Has confesado que no eres mi padre. No podías serlo. Seguramente lo asesinaste.
Como loco, Roger golpeó a Ruth hasta hacerla caer al suelo.
—Yo te daré a ti... ¡Eres tan soberbia como tu padre!
Nadie se atrevió a hacer nada. Tenían miedo de Art y Herman que estaban con las manos muy cerca de sus armas.
Inconsciente, a consecuencia de los golpes, la cruzó

sobre el caballo, montando él después.

Art y Herman se marcharon detrás.

—Todo esto ha sucedido porque tú eres otro cobarde como él —decía Sophia a su padre—. ¡Quizá tú tampoco eres mi padre! ¡No es posible que lo seas!

—¡Estás loca!

—¡Eres un cobarde!

—¡Sophia!

—No has querido que mate a tu socio. Sí... Que se enteren todos...

—¡Calla!

—¡No quiero...! Él es tu socio. No haces nada más que lo que él dice.

—¡Calla...! ¡No seas loca!

—No quiero callar... Puedes golpearme como ha hecho tu amo.

Blood estaba desesperado.

Los cowboys que escuchaban le miraron con odio.

—¡Anda...! Pégame como él ha hecho con Ruth... Y todos estos cobardes lo han permitido. Hace bien Mat. Debía colgar a todo este pueblo. Yo le diré que lo haga. No puede haber otro pueblo con más cobardes.

Los vaqueros agacharon las cabezas y empezaron a desfilar.

—No habéis querido la paz con Mat... ¡Os pesará!

Sophia saltó sobre su caballo y le espoleó. Se dirigió al rancho.

Fue Mat el primero que salió a su encuentro. Se abrazó llorando a él y le contó lo sucedido.

Mat miró a su madre, que escuchaba:

—¿Qué dices ahora?

La mujer, no dijo nada.

—¿Debo olvidar mi venganza?

Siguió en silencio la madre. Pero al fin dijo:

—Creí que eran hombres, pero son cobardes asesinos... Lo siento mucho. Me he equivocado en juzgarle por intentar protegerte.

Mat paseó solo ante la casa.

Dan que había escuchado todo, estaba muy pendiente de su decisión. Pero al ver que pasaban los minutos, con mucha serenidad, comprobó si sus armas estaban cargadas y, lentamente, se dirigió en busca de su caballo que estaba pastando.

Sophia, al fijarse en él, preguntó:

—¿Adónde vas, Dan?

Mat se fijó en el amigo que ensillaba en esos momentos el caballo y le gritó:

—¡No, Dan, tú no...! Seré yo quien vaya hasta Ordway y de esta visita siempre se conservará recuerdo.

La madre dijo a Sophia:

—No debiste venir a decir esto. Le van a matar.

—Creí que no amaba a Tim... Siempre creí que le quería como a un hermano, pero los hechos me han demostrado lo contrario.

—¿No te has enamorado de Dan?

—No. Lo del otro día fue una reacción absurda que no he podido comprender todavía. Aunque creo que de olvidar a Tim, me enamoraría de él.

—Tu noticia volverá locos a esos dos muchachos.

Sophia se acercó a Mat y Dan, diciendo:

—Yo también vengaré a Tim. ¡Ya lo he hecho...! Fue yo la que colgó a cuatro, entre ellos al juez. Ahora dispararé sobre todos los cobardes de Ordway que son culpables de lo que sucede en ese pueblo.

Los dos jóvenes quedaron muy sorprendidos por lo que acababan de oír.

—¿Fuiste tú...? —dijo Dan—. Yo creí que había sido Mat y él creyó que era yo.

—¡Lo hice yo! Les citaba en el almacén... Todos ellos andaban detrás de mí por lo que acudían muy contentos. También yo llegué a creer que sería posible vivir en paz, pero no puede haber más paz que la que consigue el

«Colt». ¡Y seré yo la que empiece!

Sophia saltó sobre su caballo y emprendió un desenfrenado galope.

—Por todo lo que ha sufrido, esa muchacha ha perdido la razón... —dijo la madre de Mat—. Desde que mataron a Tim perdió el juicio.

—¡Pero tiene mucha razón! Es el «Colt» quien tiene la palabra. Hay que explicar las cosas en el lenguaje del «Colt». ¡Espera, Dan, iremos los dos!

Sophia, queriendo engañar a su padre, entró en casa muy pacífica.

Se metió en su habitación y cogió su cinturón con dos «Colts», que solía ponerse en los días de las fiestas.

Era un regalo de Tim, que la enseñó a disparar.

Al ponérselo, lo besó con cariño.

Cargó las dos armas y repuso munición en la canana.

Salió al almacén con los «Colts» empuñados, gritando:

—¡Poned las manos sobre la cabeza!

Los seis que estaban con su padre la contemplaron sonrientes.

Creían que se trataría de alguna broma de la muchacha.

—¡Pronto o disparo...! —ordenó de nuevo Sophia, al tiempo de disparar uno de aquellos «Colts».

El disparo atravesó el sombrero de uno de ellos, que, muy pálido, al sentir la bala tan próxima a su cabeza, no se hizo repetir la orden.

Los otros cinco le imitaron.

—¡Sophia! —gritó su padre.

—¡Guarda silencio, papá!

—¿Qué vas a hacer?

—Estate quieto y no grites.

—¡Deja esos «Colts»!

—¡No chilles...! Ya sabes que me ponen nerviosa los gritos.

Después miró a todos:

—¿Habéis estado presentes cuando Roger pegó a quien confesó que no es su hija?

—Sí... —respondió uno de ellos con dificultad.

—¿Por qué lo permitisteis?

—Ya conoces a Roger y sus hombres, Sophia... —dijo su padre.

—¡No te pregunto a ti, papá!

—Sophia... —dijo otro—. Debes guardar esas...

—He preguntado por qué lo permitisteis...

—No teníamos más remedio.

—¡Cobardes...! ¿Estabais en el juicio cuando condenaron a Tim?

Antes de responder, los seis se miraron entre sí.

Pero como estaban seguros de que la joven sabía que habían estado, prefirió uno de ellos no mentir, diciendo:

—Sí...

—Todos sabíais que era una injusticia.

—Tienes que comprender que en aquellos momentos...

—La inocencia brillaba en el rostro de Tim. ¿Por qué lo tolerasteis?

—Todo le acusaba...

—¡No fue por eso...! ¡Yo os lo diré! ¡Porque sois unos cobardes!

Los seis que estaban frente a ella, empezaron a comprender que Sophia debía haber perdido el juicio y de que sus vidas estaban en peligro, pero sería un suicidio intentar hacer nada.

El padre de Sophia contemplaba a la joven con los ojos fuera de las órbitas.

—Juré vengar a Tim y he esperado demasiado tiempo... Viene hacia acá su hermano, pero no quiero que sea él quien os mate. Lo voy a hacer yo y así, indefensos, como murió Tim. Es lo único que merecen los cobardes.

—Tú sabes bien que se le acusó de la muerte de Roger

—dijo uno.
—Bien, ¿y qué hicisteis cuando le visteis tan vivo?
Ninguno respondió nada.
—¡Yo os lo diré! Inclinaros ante él. ¿Por qué? ¡Porque sois unos cobardes! ¡Fijaos los unos en los otros! ¡Todos estáis temblando! ¡Cobardes, cobardes, cobardes!

Las armas de Sophia trepidaron con una rapidez y seguridad que su padre ignoraba.

Veía que su hija había perdido la razón y tuvo miedo por él. Esa era la causa de que guardara silencio.

FINAL

Entraron Dan y Mat.
—¿Qué hiciste, Sophia? —preguntó Mat.
—Ya lo ves. Estoy vengando a Tim... ¡Puedo descansar con mi promesa cumplida! Estas armas me las regaló él. Con ellas me enseñó a disparar... Estas fundas las hicieron sus manos, ¡y le asesinaron! ¡Lo asesinaron entre todos!

Dejar que la muchacha siguiese con su venganza, era una locura... Pero estaba tan excitada que no podían contrariarla en esos momentos.

—Será mejor que nosotros le venguemos. Tú ya hiciste bastante.

Los disparos que se oyeron en el almacén atrajeron a otros cowboys.

Al entrar, Sophia disparó sobre ellos.

Mat comprendió la verdad. ¡Sophia estaba loca! La paliza que Roger dio a Ruth había terminado de enloquecerla.

Dan la contemplaba entristecido.

Cuando fue a reponer la munición, se abrazó Mat a ella, pidiendo ayuda a Dan.

—Serénate, Sophia. Estate tranquila. ¡Yo vengaré a mi hermano! Serénate.

Sophia, ya más calmada, rompió a llorar como una chiquilla.

La crisis había pasado.

—No sé lo que hago, Mat —dijo.

—Vete con mi madre. Ella te cuidará.

—Sí, será mejor.

Pero Mat le quitó las armas.

Poco después galopaba Sophia hacia el rancho de los Henderson.

Nada más marcharse, Mat dijo a Blood:

—¡De modo que Roger es socio tuyo y tú ayudaste a la leyenda de que mi hermano amenazó en tu casa de muerte a Roger...! Si no te mato, es por esa muchacha.

Dio media vuelta Mat, y Dan, desde la puerta, disparó.

Blood cayó sin vida cuando iba a disparar sobre Mat por la espalda.

—Si me descuido te asesina. Ya he pagado la deuda que tenía contigo.

—¡Qué traidor...! —Comentó Mat—. Gracias. Si no vienes conmigo ya se habría terminado mi venganza, porque hubiese sido yo el muerto. A partir de ahora, no tendré consideración con nadie.

Los disparos en el almacén revolucionaron a Ordway y el sheriff venía a ver qué sucedía.

—¡Hola, sheriff! —Saludó irónicamente Mat—. Aquí estoy para que pague los mil dólares que ofreció por mi cabeza.

El de la estrella se quedó helado

—Yo no fui. Es obra de mister Roger —respondió el asustado sheriff.

—¿Quién firmó el pasquín? ¿Quién detuvo a mi hermano y le acusó de la muerte de un hombre que usted sabía que vivía?

—Fue orden del juez y...

—No quiero perder el tiempo discutiendo, sheriff. ¡Defiéndase, pronto!

El de la placa, comprendiendo que no bromeaba, quiso defender su vida.

En el momento de disparar sobre el sheriff, un cowboy se asomaba al almacén. El cuadro no podía ser más aterrador.

Corrió, dando la alarma al pueblo. Todos se encerraron en sus casas.

Dan y Mat se dirigieron al rancho de Roger. Empezaba a ser de noche.

Dan dijo que había que entrar en el rancho por sorpresa y sin despertar a nadie.

Como éste era el pensamiento de Mat, estuvieron de acuerdo.

Cabalgaron despacio para llegar ya de noche y poder acercarse protegidos por las sombras. Cuando estuvieron cerca desmontaron y avanzaron con toda precaución.

Junto a la puerta había dos cowboys conversando. Estaban sentados tranquilamente.

Esto era un obstáculo y no podían disparar las armas.

—Yo me encargo de ellos... Déjame tu cuchillo —dijo Dan.

Obedeció Mat, y Dan se arrastró por el suelo.

Mat esperó.

Minutos más tarde oyó dos ruidos apagados como si se ahogaran dos gritos.

—Ya está el camino libre —dijo Dan a su lado.

Avanzaron otra vez.

Mat vio dos cadáveres arrimados a la pared.

Dan le devolvió el cuchillo.

Escucharon con atención en la puerta... Se oía el rumor de una conversación y este rumor les orientó.

Pronto llegaron junto a una puerta, tras la que se oía hablar a varias personas.

Conoció Mat la voz de Roger y empuñó los dos «Colts».

Por señas dijo Dan que iba a entrar él. De igual modo respondió negativamente Mat.

Y empujando la puerta entró.

Roger estaba con Art y Herman.

Al ver a Mat con las armas empuñadas, quedaron mudos y aterrados. Ni queriendo podían articular una sola palabra.

—¿Dónde está Ruth? —preguntó Mat.

Por señas indicó Roger que más adelante.

—¡Habla! ¿Dónde está?

—Dos habitaciones más allá.

—Vete a comprobarlo, Dan —dijo Mat.

Después miró con detenimiento a los tres.

—Creías que podrías escapar de mi venganza, ¿verdad...? ¿Por qué asesinaste a mi hermano? ¿Qué te hizo...? No necesito que conteste. Sabía que nos estabas robando todo el ganado y te iba a acusar de cuatrero... Mi madre, al faltar yo, desesperada fue la que te pidió el dinero. Solo le prestaste mil quinientos y Tim que lo sabía muy bien, también te iba a acusar que nos querías robar.

—Yo... no... esta...ba aquí... No fui yo...

—No mientas. ¿Y vosotros tampoco estabais?

Los otros no respondieron.

—No esperes un descuido de mí... —dijo Mat—. Había inventado muchas clases de muertes para ti. No mereces morir de un solo disparo... Es demasiado suave y rápida esa muerte. Has pegado a una muchacha que engañaste haciéndole creer que era tu hija. ¡Qué cobarde eres! Ahora no esperes salvarte.

—Yo os dejaré vivir en el rancho... No tenéis que pagar nada.

—Voy a pagarte los mil quinientos dólares que te pidió mi madre y vas a darme ese recibo.
—¡Sí... sí... Te lo daré! No tienes que pagar nada.
—¡Quiero pagarte! Busca ese recibo, pero piensa que te vigilo bien.
—¡Ah...! No lo recordaba... Está aquí.
Con serenidad abrió el cajón.
Los ojos de Roger le engañaron.
—¡Eres un cobarde!
Su brazo fue perforado por una bala... Volvió a disparar hiriendo el otro brazo. Un tercer disparo le rasgó la mejilla y le rompió el maxilar.
En el cajón se veía el revólver ya empuñado, cuando Mat disparó por primera vez.
Herman precipitó el final, creyendo a Mat totalmente distraído con Roger.
Volvió la mano izquierda y disparó dos veces. Herman y Art cayeron muertos.
—¡Tú morirás como mi hermano! —dijo a Roger, que se quejaba.
—¡Mátale! ¡Es un cobarde asesino! Pensaba matarme si no le obedecía. Al llegar a casa, me ha vuelto a golpear —gritó Ruth, entrando.
Pero no tuvieron que disparar. La pérdida de sangre y el miedo le había matado.
Una hora más tarde, el cuerpo de Roger estaba en el centro de los de Art y Herman, frente al almacén de Blood.
Promesa cumplida, se dijo así mismo Mat.
Mat y Ruth, ya casados, residen en un pueblecito del suroeste de Texas... Poseen un hermoso rancho y viven felices.
Dan se quedó cuidando a Sophia. Un año más tarde se casaban. Se marcharon a vivir a Dakota del Sur, en un pequeño pueblo donde había nacido Dan.
Los dos amigos se escribían con frecuencia.

La madre de Mat murió un año después de los sucesos de Ordway.

Como se habían conocido los hechos en todo el estado, los habitantes del pequeño pueblo de Ordway, quedaron clasificados como cobardes para todos.

La mayoría de ellos, malvendieron sus propiedades y se marcharon para ocultar esa vergüenza.

❊ F ❊ I ❊ N ❊

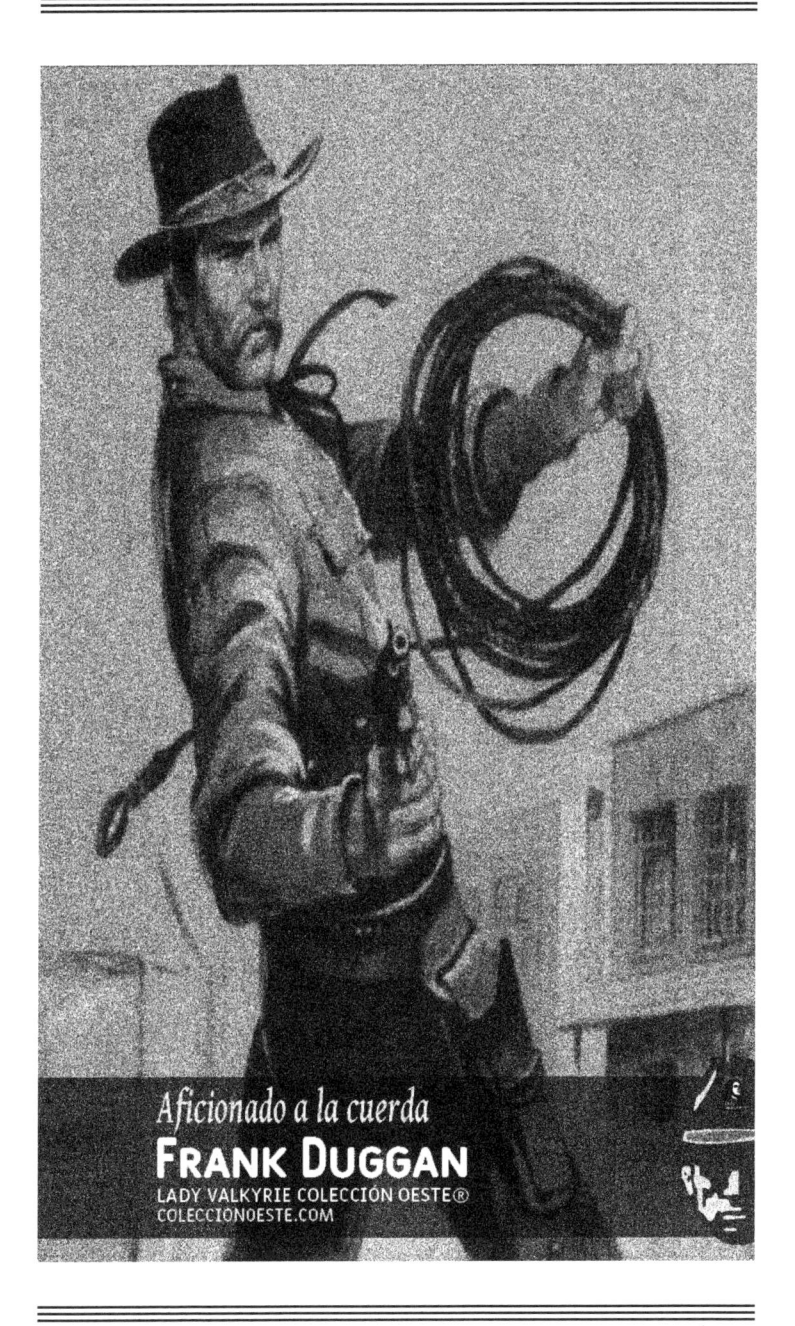

Aficionado a la cuerda
FRANK DUGGAN
LADY VALKYRIE COLECCIÓN OESTE®
COLECCIONOESTE.COM

El caballo del muerto
FRANK DUGGAN
LADY VALKYRIE COLECCIÓN OESTE®
COLECCIONOESTE.COM

La ayuda de un Federal
FRANK DUGGAN
LADY VALKYRIE COLECCIÓN OESTE®
COLECCIONOESTE.COM

*¡Visite LADYVALKYRIE.COM para ver
todas nuestras novelas!*

❦

*¡Y visite COLECCIONOESTE.COM para ver
todas nuestras novelas del Oeste!*